APOLOGUES

ARAUCANIENS

Recueillis et traduits en vers français

Par EDMÉRIK EDMOND

ROUEN
IMPRIMERIE LÉON DESHAYS
Rue Saint-Nicolas, 28 et 30.

1873

APOLOGUES ARAUCANIENS.

APOLOGUES

ARAUCANIENS

Recueillis et traduits en vers français

Par EDMÉRIK EDMOND.

ROUEN
IMPRIMERIE LÉON DESHAYS
Rue Saint-Nicolas, 28 et 30.

1873

Leur union serait un travail malaisé.
Un versificateur, en vers de cette espèce,
Néanmoins s'était avisé
De composer toute une pièce;
Sa pièce, à dire vrai, ne signifiait rien;
Aussi de grands journaux en dirent-ils du bien.
Pour le coup, il se crut un auteur d'importance.
Voici comment un jour, dans un cercle nombreux,
Notre ami Glatigny rabattit sa jactance :
« Parce que le public, de bravos chaleureux,
« Accueille dans tes vers le tour de force heureux
« Dont tu revêts une fadaise,
« Ton orgueil avec nous ne se sent plus à l'aise.
« Tes succès sont de ceux qu'obtient sur le trapèze
« L'équilibriste Léotard,
« Que doit-il en rester plus tard ? »

III

L'APOLOGUE CRUCIFIÉ.

« Muguet,
Qu'aurore
A fait
Eclore !

« Peux-tu
Te plaire,
Perdu
Par terre »

Excuse-moi, lecteur, si par quatre grands vers
Avec rime et raison, je coupe ici ma fable;
Tes yeux y gagneront, pour peu qu'ils soient ouverts,
D'une superbe croix le spectacle ineffable.

« Viens-t'en,
Julie
Ma mie
T'attend,

Pour être
Le maître
De son
Salon »

La plante
Charmante
Répond :
« Oh non !

Modeste
Parquet
Me plait,
J'y reste. »

O toi qu'afflige aussi la rage de rimer,
Sur les vers de deux pieds ne risque pas ta veine :
Tu le vois, sur ces vers j'ai voulu m'escrimer;
Et le fruit le plus clair qu'a recueilli ma peine,
C'est à défaut de gloire, une affreuse migraine.

IV

LE BLUET ET LA ROSE.

Du bluet
Qui l'aimait,
Une rose,
Fraiche éclose,

Repoussait,
Sans l'entendre,
La voix tendre,
Et riait.

Mais l'orage
S'éleva,
Et frappa
La volage.

❖

Cette fleur
Si cruelle,
C'est le cœur
De ma belle,

Si près d'elle
Il passait :
« Qu'elle est belle ! »
S'écrierait

Cet enfant
Qu'à Cythère
On révère
En dansant ;

Et sa mère
En secret
Frémirait
De colère.

Aimons-nous,
O Julie,
Je t'en prie
A genoux.

Que j'adore
Ton front blanc
Ressemblant
A l'aurore !

Ton regard,
Douce flamme
Perçant l'âme
Comme un dard !

O je t'aime !
En mon cœur,
Sème, sème
Le bonheur !

Comme l'ombre
Voit venir,
Et finir
La nuit sombre.

Le printemps
De la vie,
N'a qu'un temps,
O Julie.

— « Non, dit-elle, en vain
Tu veux me séduire;
Cesse de médire
De mon cher ravin.

« Si laid qu'il puisse être,
Je dois le chérir;
Car il nous voit naître,
Et nous voit mourir. »

VII

L'EPITAPHE.

Le renard ayant clos
Pour jamais la paupière,
Son éloge en ces mots
Fut gravé sur sa pierre :

« Ci-gît un animal
Probe, honnête, loyal;
Bon époux, tendre père,
Monarchiste sincère.

« Par des bienfaits nombreux,
A l'exemple du sage,
Ce renard généreux
Signala son passage.

« De ses regrets, hélas,
Chacun de nous l'honore. »
Même après le trépas,
Le fourbe ment encore.

VIII

L'AGNEAU.

Dis-moi, jeune agneau, pourquoi
Vas-tu seul par la prairie?
Pourquoi tes frères sans toi
Gardent-ils la bergerie?
Oses-tu risquer tes pas
Loin d'une mère affligée!
Ma mère, je n'en ai pas :
C'est le loup qui l'a mangée.
Cette nuit, près du troupeau,
Se faufilant en silence,
Il m'a dit : « Petit agneau,
Je t'aime plus qu'on ne pense
Pour adoucir mon regret
D'avoir dévoré ta mère,
Viens habiter la forêt;
Je te tiendrai lieu de père. »

IX

LE CHARLATAN.

Holà, venez, accourez tous!
Nous possédons un spécifique
Pour la destruction des poux.
Spécifique unique, héroïque,

Qui n'a rien de thérapeutique ;
Qui n'a rien de pharmaceutique,
Qui n'a rien d'homœopathique ;
Enfin, qui n'a rien de chimique !
Si j'étais de ces charlatans,
Qui sur une place publique,
Trompent la bonne foi des gens,
Je vous demanderais dix francs
Pour ce remède magnifique,
Et le prix serait très modique.
Mais non ce n'est pas, Dieu merci,
L'intérêt qui m'amène ici.
Le bien-être de mes semblables
Est le plus doux de mes plaisirs ;
Et j'occupe tous mes loisirs
A soulager les misérables.
A vous et parce que c'est vous,
Je ne le vendrai que deux sous ! »

Il dit : autour de lui s'empresse
Le nombre toujours s'accroissant
Et toujours se renouvelant
Des heureux mortels qu'intéresse
Ce discours vraiment engageant.
Ils recevaient, pour leur argent,
Une recette ainsi conçue :
« Pour vous débarasser des poux,
« Prenez un peigne et peignez-vous. »
La foule stupide et déçue
Se disposait à l'écharper :
Il eut grand'peine à s'échapper.

X

LE PAON ET LES ALOUETTES.

Que Benserade, en un quatrain passable,
Ait le talent d'enfermer une fable,
La mienne forme un dystique excellent :
Qui de nous deux a le plus de talent?

Le paon narguait le chant des alouettes.
Jamais les sots n'ont compris les poëtes.

Que me ferait leur rire indifférent,
Si du zéphir qui passe en m'effleurant,
La tiède haleine, à leur divine adresse,
Portait les cris de ma flamme en détresse !

Quand sonne l'heure où le Dieu du repos
Sur les mortels verse ses doux pavots,
L'amour qui veille en mon âme oppressée
Me trouve assis rêveur à ma croisée,
Morne, aspirant les magiques appas
De ce silence, image du trépas.
Qui règne noir sur la ville muette,
Et me plait tant, à moi pauvre poëte !
Du vaste azur, des stratus floconneux
Voilent en vain les rubis lumineux,
D'un vol rapide escaladant les nues
J'atteins bientôt des sphères inconnues,
Mondes remplis d'êtres mystérieux,
Divinités au front impérieux,

Anges déchus, qui ne sèchent leurs larmes
Que pour brandir leurs impuissantes armes ;
Horribles nains aux sourires moqueurs,
De la vertu détestables vainqueurs ;
Immenses boucs, et sorcières antiques,
Des vieux sabbats partisans fantastiques,
Mais au milieu de ce concours confus
De visions d'un âge qui n'est plus,
Quelle est, dis-moi, cette ombre enchanteresse
Qui dans mon cœur jette une folle ivresse ?
Devines-tu ? celle qui vient vers moi,
O Julia, devines-tu ? c'est toi.
Ah ! transporté près de toi qui sommeilles,
Si je voyais, de tes lèvres vermeilles,
Sortir un nom tout bas ; et si ce nom
Etait le mien, ô doux moment !... mais non :
Tu ne sais pas de quelle ardente flamme
Tes grands yeux noirs ont embrasé mon âme,
O Julia ! Puisque l'injuste sort
De mon espoir paralyse l'essor,
J'irai bien loin de notre belle France
Chanter ton nom, et chanter ma souffrance ;
Comme un maudit, en de lointains séjours,
J'irai traîner mes déplorables jours.
Et puis un jour, je clôrai la paupière,
O Julia ; l'oubli seul sur ma pierre
Viendra planer en silence, et jamais
Tu n'auras su tout ce que je t'aimais !

XI

L'ABEILLE POITRINAIRE.

Aux charmes du foyer une abeille insensible
Un matin déserta sa besogne paisible.
Comme elle bourdonnait harmonieusement,
Notre folle comptait que son bourdonnement,
Attirant autour d'elle un nombreux auditoire,
Lui fournirait des fleurs, du miel et de la gloire
Autant qu'elle en voudrait; mais elle eut beau chanter,
Le monde indifférent passait sans l'écouter.
Retournant à la rûche, affamée, toute honteuse,
A faire de la cire, elle vécut heureuse.

Ton amour-propre a-t-il essuyé quelque affront?
Quel immense chagrin vient grandir de ton front
Le morose cordeau qui déjà le sillonne,
Jeune fou dont le sang dans les veines bouillonne?
Dis-nous quel est ton mal, nous voulons le savoir.
— Eh! bien, vous le saurez. O rage, O désespoir!
Mon mal est un vautour qui, pour unique proie,
Exige mon repos, mes amours et ma joie;
Et qui de mes parents brisant l'affection,
Attirera sur moi leur malédiction.
Ambition, ô tigre à l'horrible crinière,
Quand donc à tout jamais cloras-tu la paupière?
Quand donc cesseras-tu de tendre sous mes pas
De tes rêves dorés le dangereux appas?
Monstre, c'est toi qui seul empoisonnes ma vie!
Réponds donc, n'est-ce pas toi qui me l'as ravie,

L'humble tranquillité dont jouissait mon cœur?
Ah! montre maintenant ton sourire moqueur;
Tourmente ta victime, et réserve pour elle
Les plus terribles coups de ta hache cruelle!

Que signifie, Edmond, ce langage insensé?
Si par des rêves grands ton cœur est traversé,
Quel autre fou que toi songe à t'en faire un crime?
Alcyon inconnu, sur le bord de l'abime,
Use très largement de ton droit de chanter,
J'use de mon droit, moi, de ne pas t'écouter.
Un jour, pour satisfaire une ardeur inquiète,
Tu t'es mis à rimer, et tu t'es cru poète;
Et tu ne craignais pas ces gouffres entrouverts
Sous l'insensé que tient la passion des vers!

Soit! Je suis le jouet d'un caprice illusoire,
Et pourtant est-il rien de plus beau que la gloire?
La gloire! De ce mot, sur mon cœur frémissant,
Qui vous dira combien l'empire est tout-puissant!
La gloire, mes amis, c'est le pain des cœurs braves;
Le mépris de la gloire appartient aux esclaves!

Comme le nautonnier, quand il revoit le port,
Pourrai-je n'être pas saisi d'un saint transport,
Lorsque la brume, après une absence éternelle,
Me surprend regagnant la maison paternelle,
Seul, regagnant les lieux où j'ai reçu le jour,
Et que j'abhorrerais, s'ils n'étaient ton séjour,
O ma belle Julie! A l'ennui qui mobsède,
Le silence des nuits n'offre qu'un vain remède.
La brume a sur la plaine étendu son linceul,
Et le front incliné, je m'avance, hélas, seul!

A mes regards distraits, pour égayer ma route,
Scintillent les flambeaux de la céleste voûte ;
A mes regards ravis, ah ! quand pourrai-je voir
Scintiller le flambeau de ton magique œil noir ?

Mais écoutons ; au loin une cloche résonne :
A sa lugubre voix, malgré moi je frissonne,
Je frissonne en disant dans mon cœur soucieux :
« Une âme, heureuse enfin, vers vous s'envole, ô cieux ! »
Trépas ! pourquoi faut-il que ce puissant fantôme
Apparaisse de loin pour épouvanter l'homme ?
Le trépas, le trépas, qu'est-ce que le trépas ?
Un but où malgré lui l'homme porte ses pas ;
Douceur pour quelques-uns, mais pour le plus grand nombre
Impitoyable juge au front sévère et sombre ;
Douceur pour quelques-uns, êtres infortunés,
Qu'à la déception le ciel a condamnés ;
Qui, venus au banquet d'une vie éphémère,
Ont vu leur vin s'aigrir en une lie amère.
Oh ! je connais aussi, moi, ces affreux moments,
Où d'un ennui rongeur j'éprouve les tourments ;
Vers le vaste avenir, vainement je me fraie
Une route de fleurs ; cet avenir m'effraie,
Mesurant tristement l'horizon assombri,
Je m'avance, incertain de trouver un abri.
O trépas, quand je sens le mal qui me dévore,
Je ne m'étonne plus qu'un malheureux t'implore !

O toi, qui de tes yeux ignores le pouvoir,
O toi, dont l'ignorance, impérieux devoir,
A mon brûlant amour ferme toute espérance,
Eh ! bien, contentons-nous de ton indifférence ;
O Julia, merci, car du moins ton mépris
De cet amour brûlant n'est pas le juste prix !

Veux-tu m'en croire, Edmond, qu'une obscure carrière
De tes illusions devienne la barrière.
Dans la route attrayante où le poussait l'orgueil,
Que rencontra Gilbert ? un lugubre cercueil.
Veux-tu m'en croire, Edmond, qu'une obscure carrière
De tes illusions devienne la barrière.

Lamartine, ô génie, à qui du haut du ciel
Les anges ont prêté leur langage de miel,
Daigne, daigne excuser la cervelle insensée
Qui prétendit un jour distraire ta pensée !
Qui de la gloire un jour, demandant le chemin,
A toi, fou qu'il était, osa tendre la main !
Si le ciel à Paris du moins m'avait fait naître,
Je pourrais à loisir t'admirer, te connaître ;
Voir celui qui jadis, en de sublimes vers,
De l'empereur géant déploras les revers !
Croirais-tu que parfois, en ma mélancolie,
Du malheureux Gilbert je singe la folie,
Et je maudis mon être, et je crie à mon tour :
« Malheur, malheur à ceux qui m'ont donné le jour ! »
Croirais-tu, moi qui suis une abjecte poussière,
Que du roi des enfers empruntant l'âme altière,
J'ai dit au Créateur : « Tu n'es pas juste ! » O cieux,
Quoi, vous n'écrasiez pas un jeune audacieux,
Vomissant dans l'accès d'une impuissante rage,
A votre majesté le plus sanglant outrage !

C'est que moi-même aussi, frappant mon front maudit :
« Je me sens pourtant là quelque chose ! » ai-je dit.

Mais je ne prétends pas, de rimailles pareilles,
Étourdir plus longtemps tes sensibles oreilles.
Eh ! pauvre campagnard, t'aurais-je importuné,
Si je ne m'étais cru, d'avance pardonné ?

XII

LE SECRET.

Mercure, devant tous les dieux,
Lisait de d'Audigier la dernière chronique,
Et chacun baillait de son mieux
Interrompant soudain la lecture publique :
« Apprenez un secret qu'ignore l'*Univers*
Religieux et *catholique*,
Dit Morphée : Autrefois la Reine des Enfers,
Ne pouvant fermer l'œil, durant des nuits entières,
Me mandait, j'accourais ; dans mon sac de pavots
J'avais beau choisir les plus gros,
Ils fermaient rarement les royales paupières ;
Alors j'en arrivais à mon dernier moyen,
Et je m'en trouvais toujours bien.
Voici ce moyen magnifique
Pour lequel Jupiter m'a fait prendre un brevet :
J'improvisais tout haut une longue chronique,
Henri d'Audigier écrivait. »

XIII

NAPOLÉON III ET LE CENTIME.

Napoléon trouvant à ses pieds un centime
De sa mince valeur faisait très-peu d'estime.
Le centime lui dit : « Je sais bien que pour toi
Je ne vaux presque rien ; mais ce qui me console,
O prince, c'est que ta parole
Pour les honnêtes gens vaut encore moins que moi. »

XIV

LE CONCERT D'OISEAUX.

Quelques jeunes oiseaux, amateurs de musique,
En troupe s'étant réunis,
Pour les diriger avaient pris
Un rossignol doué d'une voix magnifique.
Un frais bocage toujours vert
Servait de salle de concert.
L'éclat de leur début fit du bruit dans le monde.
Les fauvettes, les roitelets,
Les merles, les pinsons et les chardonnerets
Venaient les écouter d'une lieue à la ronde;
Et de cet orchestre charmant
L'accès était pour eux une faveur divine
Que le mérite seul obtenait aisément.
Mais nos musiciens manquaient de discipline;

Et des parfaits accords de leur accord parfait
Leur parfait désaccord gâta l'heureux effet.
Contre un vacarme affreux vainement irritée,
La grosse voix du chef cessa d'être écoutée ;
Les uns sifflaient d'étranges airs ;
D'autres contrefaisaient les cris les plus divers ;
Croassaient comme la corneille,
Imitaient du canard le coin coin coin si doux,
Ou bien nouveaux dindons vous écorchaient l'oreille
Par de mélodieux glou glou glou glou glou glous ;
Leurs semblables ravis criaient alors merveille.
Un beau matin, du fond des près,
L'harmonieuse Philomèle
Afin de les entendre arriva tout exprès ;
Quelle déception ! « Si j'avais su, dit-elle,
Je n'aurais pas quitté mon paisible séjour,
Pour venir écouter un concert qui rappelle
Des artistes de basse-cour. »

Je vous ferais bien la morale ;
Mais pour que mon *Navais* ne soit pas compromis,
J'abandonne ce soin à tous mes bons amis
De notre *Union musicale*.

XV

LE HIBOU, LE PERROQUET ET LES SOURIS

L'inimitable Jean raconte qu'un hibou
Attrapa des souris, les porta dans son trou,

Et là leur mutila les pattes : « O mon frère,
Lui dit un perroquet ému
De ce procédé sanguinaire,
Ou par le vin qu'il avait bu,
O mon frère, que leur fais-tu ! »
— « O mon frère chéri, répond la bête fauve,
D'une voix qui partait du cœur;
Comme il est convenu que je suis leur sauveur,
Ces pauvres bêtes, je les sauve ! »

C'est ainsi qu'un matin l'aventurier Louis,
Tout en nous mitraillant, sauva notre pays.

XVI

L'ABEILLE ET LE CIERGE.

(Juin 1853.)

Sans motif avouable une abeille insensée
De la lueur d'un cierge était scandalisée;
De sa mauvaise humeur le cierge se moqua;
Aveugle de fureur, l'abeille l'attaqua.
De tétraptère hyménoptère,
Le cierge en fit bientôt un misérable aptère;
Désormais impuissante à reprendre son vol,
Elle se vit réduite à ramper sur le sol,
Comme le dernier ver de terre.

A force de ramper, parvenir aux honneurs,
Calomnier le peuple et ramper de plus belle,
Peut-être en ce portrait fidèle
Avez-vous reconnu l'un de nos sénateurs.

Au lieu d'un mettez-les hardiment tous ensemble,
Joignez-y certains maréchaux,
Généraux, cardinaux, avocats généraux,
Et procureurs impériaux,
Clique d'honnêtes gens, qu'autour de lui rassemble
Napoléon le trois fois saint;
Puis, pour finir, si bon vous semble
Veuillez y joindre encore X. . . . . . .
Qui serait bien content si je crevais de faim;
Et son intime ami Z. . . . .
Autre pied plat qui lui ressemble.

XVII

LE CRAPAUD.

Un crapaud caché sur un mur,
Du haut de cet asile sûr,
Guettant tous les gens au passage,
Leur lançait brusquement son urine au visage;
Et pendant que chacun étonné s'essuyait,
Cet abject insulteur de son esprit riait.

Du haut du *Figaro*, c'est ainsi que s'escrime
Monsieur Julius l'anonyme.

XVIII

LA VACHE ET LE TAUREAU.

La vache un jour dit au taureau :
« Vous avez bien sujet d'accuser la nature ;
Le foin et l'herbe seuls sont votre nourriture ;
Vous n'avez pour boisson que l'eau ;
Et vous couchez dans une étable.
Tandis qu'au restaurant je savoure des plats
Dignes d'une royale table !
Je bois de l'eau de Seltz et des vins délicats ;
Et je dors, non pas sur la paille,
Mais dans un riche lit, où je couche à mes frais
Avec la plus sale racaille,
Pour me dédommager des heures où je baille
Avec l'empereur des Français ! »

XIX

LE SERMENT.

Vénus réclamait à Mercure
Le prix d'une nuit de faveurs ;
Le digne patron des voleurs
Envoya promener la belle créature.
Elle porta sa plainte à l'époux de Junon :
« Ma fille, dit Jupin, ce n'est pas mon affaire :
Vois le sage Minos, c'est un juge exemplaire,

Qui vous donne raison, quand vous avez raison. »
Elle alla voir Minos : « Mercure est un infâme,
S'écria-t-elle, un monstre, un goujat, un fripon !
Il me jurait ses dieux, il me jurait son âme
De me donner cent louis d'or. »
Minos sans s'émouvoir lui répondit : « Madame,
Vous connaissiez Mercure, et je m'étonne fort
Que prudente comme vous l'êtes,
Vous ayez oublié que des âmes honnêtes
Mercure n'est point le phénix.
L'avez-vous fait jurer par les ondes du Styx ? »
— « Si je l'ai fait jurer par les ondes du Styx ?
Non pas. » — Tant pis pour vous, ma déesse adorable ;
Car s'il n'a pas juré par les ondes du Styx,
Sa promesse n'est pas valable. »

C'est ainsi qu'en décembre, un prince président,
Se posant en sauveur de notre pauvre France....
Assez... En dire plus ne serait pas prudent ;
Et Lambessa n'est pas aussi loin qu'on le pense.

XX

LE DOCTEUR RICORD ET NAPOLÉON III.

Quel bruit vient alarmer la France tout entière,
Moi non compris ? Ricord, l'illustre médecin,
Du château de Saint-Cloud aurait pris le chemin,
Pour soigner l'empereur, malade de la pierre.
On se demande quel rapport
Ont ensemble la pierre et le docteur Ricord ?

Bien qu'en cela je sois un peu spécialiste,
Je ne puis en saisir aucun;
Mon voisin le bonapartiste,
Il est vrai, répète à chacun
Que je n'ai pas le sens commun;
Quoiqu'il en soit, ô toi, qu'on adore à Cythère,
Et Dieu merci pour moi, qui suis apothicaire,
Toi qu'on adore encore en bien d'autres endroits,
O la plus belle des déesses!
Jadis à mes amis libertins maladroits,
Quand tu faisais payer un peu cher tes caresses,
Ils n'allaient pas trouver Velpeau ni Nélaton,
Pour obtenir leur guérison;
Le docteur Ricord seul avait leur confiance;
Du docteur Ricord seul ils suivaient l'ordonnance.

Moralité : Si votre mauvais sort
Vous allait de la pierre infliger le supplice,
D'un public médisant craignez-vous la malice?
Appelez un docteur qui ne soit point Ricord.

XXI

LE DESTIN DE L'ANE.

Naître, porter un bât, boire, manger, dormir,
Penser, ne pas penser, souffrir, braire et mourir,
Tel est le sort auquel nous condamnons un âne;
Et vous, ô mes amis, campagnards ignorants,
C'est le sort auquel vous condamne
Votre stupide amour pour de cruels tyrans.

Quoi, dites-vous déjà, l'âne serait capable
De penser comme moi, de penser comme vous!
Comme vous, comme moi, messieurs entendons-nous,
Car je n'ai rien dit de semblable.
Si l'âne peut penser tout comme nous, ou bien
Si c'est nous autres, au contraire,
Qui pensons comme lui, ma foi je n'en sais rien;
Je n'en veux rien savoir; ce n'est pas mon affaire.
Je vous dis seulement : « L'âne est un animal
Qui pense. » Et maintenant, que ce soit comme un homme
Ou comme un âne; comme un empereur ou comme
Un garçon patissier, je n'y vois pas grand mal.
Je pense et dis que l'âne pense;
Et la raison qui me dispense
D'en dire plus long là dessus,
C'est que je n'en pense pas plus.

XXII

LA TAUPE ET LE CRAPAUD.

(Juin 1853).

Contre son habitude une taupe un beau soir
Risquait le bout du nez hors de sa taupinière :
« D'où vient, dit le crapaud, que tu fuis la lumière? »
La taupe lui répond : « C'est pour ne pas te voir. »

Et toi, sainte vertu, notre seule espérance,
De l'auguste assassin qui règne sur la France,
Je sais pourquoi tu fuis le palais enchanté;
Son insolent triomphe offusque ta fierté.

XXIII

LA MORT ET LE BUCHERON.

L'apologue suivant est loin d'être nouveau ;
En le traitant, Boileau supposait que sans peine
Il supplanterait Lafontaine ;
Il eut tort. A son tour, Jean-Baptiste Rousseau
Voulut faire mieux que Boileau ;
Il n'eut pas raison. J'entre après eux dans l'arêne,
Non pour battre Rousseau, comme je le pourrais,
Du reste, si je le voulais....
Comme je le voudrais, dis-je, si je pouvais ;
Ce qui n'est pas la même chose.....
Voyez à quel danger m'expose
Ma maudite distraction :
Pour un mot de travers, dit sans intention,
J'allais perdre à jamais ma réputation
De réserve et de modestie,
Qui me vaut pour ma pharmacie
Quinze cents francs au moins de réclame à grands cris
Dans les grands journaux de Paris.
Despréaux, Lafontaine, et Rousseau Jean-Baptiste ;
A ces grands noms veuillez ajouter, s'il vous plait,
Le mien, et vous aurez la liste
Des poètes fameux qui, d'un accord parfait,
L'un après l'autre, sur leur lyre,
Ont ouvert bruyamment la bouche, sans mot dire,
Pour chanter le même sujet.

Brisé par les soucis, les fatigues et l'âge,
Un pauvre bûcheron cheminait lentement,
Et son corps sous le faix, pliait péniblement.
Enfin n'en pouvant plus, soufflant, le front en nage,
Il met bas son fardeau; puis songeant que la mort
Est cent fois préférable à son malheureux sort,
D'une voix plaintive il l'appelle ;
Elle accourt : « Me voila, que me veux-tu ? dit-elle. »
« — Qui ? moi ! rien, répond notre sot,
Aide-moi seulement à charger ce fagot. »

Nous bravons tous la mort, lorsqu'elle est à distance,
Son approche rabat bientôt notre jactance.

XXIV

LES PIEDS ET LES SOULIERS.

« Les pieds sont faits pour les souliers,
Et non les souliers pour les pieds. »
Aux pieds tel est le sot langage
Que les souliers tenaient un jour,
Mais les pieds, pour y couper court,
De pantoufles firent usage.

Pauvre peuple français, toi qui vois aujourd'hui,
Grace à ta profonde ignorance,
Un Napoléon III, user de notre France,
Comme si notre France était faite pour lui;
Pauvre peuple français dont le vote couronne
Les nocturnes complots de ce Tropmann manqué,
Du faux éclat qui l'environne,
Seras-tu toujours offusqué?

XXV

LE CHIEN.

Le chien de l'empereur doit-il payer l'impot?
L'un dit oui, l'autre non; pour moi, qui ne dis mot,
Du Corps Législatif si je devenais membre,
De cette question je saisirais la Chambre.

Un pauvre chien estropié
Aimait profondément son maître;
Ce maître tant aimé, si peu digne de l'être
Lui payait son amour en nombreux coups de pied.
Le fidèle animal, pour comble d'infortune,
En se jouant avec un compagnon,
Gagna la maladie à tous les chiens commune,
Le rouvieux, puisqu'il faut l'appeler par son nom.
Deux ou trois frictions avec l'huile de cade
Auraient en quelques jours guéri notre malade,
Mais son maître chéri lui mit autour du cou,
Un bon cordeau flanqué d'un énorme caillou,
Et le jeta dans la rivière,
Témoignant autant de douleur
Que s'il n'eut noyé que la pierre.
La corde par bonheur, ou plutôt par malheur,
Se rompit, et la pauvre bête,
Hors de l'eau remontant la tête,
Sur le bord en nageant arrive tout joyeux.
Pendant qu'il se secoue en fermant les deux yeux,
Soudain de cent gamins qui sortaient de l'école,
La bande autour de lui forme un cercle alarmant;
L'un d'entre eux à sa queue attache gravement
Un vieux débris de casserole;

Et le pauvre animal, remis en liberté,
De la foule après lui bruyamment acharnée
Augmentait l'affreuse gaîté
Par l'étrange fracas de sa course effrénée.
D'un spectacle si beau tout le monde riait,
Jusqu'aux filles qu'on dit pourtant si peu cruelles.
Riez, riez, mesdemoiselles,
C'est assez risible en effet.
La nuit vint; au coin d'une borne
Il va tristement se coucher,
Et là couvert de sang, exténué, l'œil morne,
Il attend que la mort vienne enfin le chercher.
Un jeune élève en médecine,
Du papier sous le bras, s'en revenant du cours,
Et non pas de chez sa cousine,
Le vit, le recueillit pendant au moins deux jours.
On sait que ces messieurs ont le cœur si sensible
Qu'un chien souffrant leur cause une peine indicible;
Et de notre pays, si par un beau matin,
La pitié se trouvait bannie, il est possible....,
Que dis-je, il est probable, il est même certain
Qu'on la retrouverait dans le quartier latin.
Quand Azor..... Ai-je dit qu'il s'appelait Azor ?
Sans avoir parcouru le monde
A la ronde, comme Joconde,
Je n'ai pas un esprit qui dort,
Et moi seul, sans qu'on me seconde,
Je faisais tout-à-l'heure encor
Cette remarque très-profonde :
C'est que tout chien s'appelle Azor,
Castor, Hector, ou bien Médor,
Ou, mais plus rarement, Mylord.

Pourquoi pas aussi bien Ollivier ou Borie,
Ribenac ou Brignol de la Chardonnerie?
Pourrait-on à des chiens donner des noms plus beaux?
Si j'étais possesseur d'un de ces animaux,
Je voudrais qu'il portât un nom considérable;
Ribenac me plairait, c'est un nom vénérable,
Respectable, estimable, et surtout honorable.
Pourtant il en est un encore plus distingué;
Et si j'avais un chien, eh bien! il est probable
Qu'il s'appellerait Badingué.
Mais je n'ai pas de chien... Ce n'est pas que j'abhorre
Cet animal fidèle et doux :
Loin de là, je l'estime au contraire et l'honore
Comme le seul ami qui nous aime pour nous.
Trouvez-moi donc autour de vous
Un seul être humain qui vous aime
Pour vous et non pas pour lui-même?
Ah! si les chiens n'avaient à payer... ou plutôt
Si nous n'avions pas, nous, à payer leur impôt,
Je prendrais un plaisir extrême
A posséder un chien pour me désennuyer,
Pour dérider mon front morose,
Pour donner quelque vie à mon triste foyer,
Foyer de vieux garçon qu'on cherche à marier,
Et qui, pour des raisons très-bonnes, je suppose,
Depuis trois ans se fait prier!
L'inimitable Jean pouvait bien s'écrier
Qu'un ami véritable est une douce chose,
Il ne tenait qu'à lui de caresser le sien
Au nez du percepteur, à son aise et pour rien.

Mais comme ce plaisir, à l'époque présente,
Me coûterait dix francs au bout de l'an, ma foi,
Je fais comme font ceux qui font tout comme moi,
Je m'en passe ; c'est bien assez de ma patente,
De l'impôt sur mon mobilier,
De la prestation, des portes et fenêtres,
Du jury médical, sans parler du loyer,
Et de tous les impôts enfin qu'il faut payer
Aux effrontés fripons que nous prenons pour maîtres,
Et qui, pour mon argent, sont maîtres en effet,
De m'empoigner quand il leur plait,
La nuit, chez moi, sans que j'y pense,
Et sans écouter ma défense,
Malgré ma complète innocence,
De m'envoyer crever, comme un vil assassin,
De maladie ou de chagrin
Aux antipodes de la France.

Après qu'un traitement, sagement appliqué,
Sur ses pieds l'eut remis, Azor fut jugé digne
De l'honneur d'être disséqué.
C'est là certe un honneur insigne
Dont un chien aurait tort de se plaindre, attendu
Que cet honneur aux chiens n'est pas souvent rendu.
Messieurs les médecins, pour notre chair humaine,
Ont un culte si grand, si touchant, si profond,
Que les chiens à leurs yeux valent fort peu la peine
De servir aux travaux qu'ils nous disent qu'ils font.
Dans une salle *ad hoc*, nommée amphithéâtre,
Azor est introduit, et rencontre d'abord
Cinq ou six autres chiens qui d'un commun accord
S'élancent sur lui pour le battre ;

En vérité ces pauvres fous
Choisissaient bien leur temps pour faire les jaloux.
Le bistouri fit son office;
Azor, réservé le dernier,
Dut de ses compagnons contempler le supplice.
Mais instruit à se résigner,
A l'un d'eux qui pleurait, il disait : « O mon frère,
O mon frère, pourquoi ces pleurs?
S'il existe là-haut quelque meilleure sphère,
Comme l'homme le dit, et comme je l'espère,
Est-elle seulement pour nos persécuteurs?
C'est Dieu qui nous a faits, et tout chiens que nous sommes,
Nous sommes ses enfants aussi bien que les hommes.
Sa justice s'étend à tous les animaux.
Ce n'est pas seulement pour souffrir tant de maux
Qu'il nous a donné l'existence,
En lui, frère, ayons confiance.
Il est juste, il saura plus tard se souvenir
De ce que nous aurons enduré pour mourir. »

Des angoisses les plus cruelles,
Et des tourments les plus affreux,
S'exhaleront toujours les vérités si belles.
Qui consolent le malheureux.

LIVRE DEUXIÈME.

I

LE CUISINIER.

En servant à son maître un plat de sa façon,
Un cuisinier lui dit : « Pour ce plat je commence
Par réclamer votre indulgence. »
Son maître répondit : « Si je le trouve bon,
Que sert ce préambule étrange?
S'il me semble mauvais, prétends-tu que j'en mange? »

Parmi nos modernes auteurs,
Combien ce cuisinier trouve d'imitateurs!

II

LES NEVEUX DU LION.

Au plus grand animal tenant par la naissance,
Pourquoi ne tenons-nous de lui pour la vaillance?
Disait à son cousin le neveu d'un lion.
Son cousin répondit : En voici la raison :
Nos mères, dans leur temps, ont fait tant de fredaines,
Que jamais notre sang n'a coulé dans nos veines.

III

LE LOUP QUI SE FAIT ROI.

(Mars 1853.)

Messieurs les animaux d'une grande forêt
Se trouvaient fatigués de l'état monarchique.
Sur eux régnait pourtant un prince pacifique,
Un bon prince qui s'inspirait
En toute occasion de son propre intérêt :
Il se vit remplacé par une république.
A toute république, il faut un président.
Le loup se présenta; personnage prudent,
Il caressa d'abord les bêtes les plus bêtes.
Par tous les carrefours des bois,
Il s'en allait, hurlant pour la millième fois :
Du Lion, votre roi, qui fit tant de conquêtes,
De mon Oncle c'est moi, corbleu,
Qui suis le vrai, le seul, et le digne neveu!
La foule pour voter s'étant donc assemblée,
Grâce aux moyens que mit en jeu
Toute une sainte clique, il fut élu d'emblée.
Il résolut, dès ce moment,
Dans le fond de son cœur, plein de reconnaissance,
D'abattre le gouvernement
Qui l'avait revêtu de la toute-puissance,
Et de se faire roi par la grâce des dieux.
On sait que ces gens-là pour eux
Ont toujours à la fois et le ciel et la terre.

Aussi fripon que lui, mais beaucoup plus malin,
Messire Renard, son compère,
Fut chargé de courir la forêt tout entière,
Pour juger des esprits, et tâter le terrain.
Ce digne agent d'abord rencontre en son chemin
L'âne qui portait des reliques :
« Les affaires, comment vont-elles, monseigneur?
Etes-vous satisfait du nombre de pratiques
Qui s'enviennent vous rendre honneur? »
— « Hélas! répondit l'âne en secouant la tête,
Jamais vous n'avez vu pareille impiété.
Autrefois chaque jour était un jour de fête;
Mais vos républicains maudits ont tout gâté.
Je ne leur veux pas de mal, certe;
Mais si le choléra nous les emportait tous,
Je pense, soit dit entre nous,
Que nous ne ferions pas une fameuse perte.
A cette situation,
Si vous ne mettez fin, vous avec votre maître,
Nous n'aurons bientôt plus qu'à nous en aller paître,
Ce dont nous n'avons pas la moindre intention,
Bien que ce soit, dit-on, notre vocation.
Qu'est devenu le temps, l'heureux temps où les princes
Etaient forcés d'avoir pour moi
Des égards qui n'étaient pas minces?
Ils étaient les sujets, et j'étais le vrai roi,
Moi! Tous ils observaient le repos du dimanche,
Et l'imposaient aux nations;
Et je voyais sur moi pleuvoir une avalanche
De génuflexions, de prosternations,

Et mille autres contorsions;
Sans compter les profits, la dime, les chandelles,
Toutes choses ma foi très-belles
Dont il faut qu'à présent, hélas, nous nous passions.
J'étais géant alors, et haut de cent coudées;
Mais, grâce aux nouvelles idées,
C'est à peine aujourd'hui si, parmi mes dévots,
Je vois encor quelques idiots
M'accorder une révérence.
O tempora.... Pardon, j'allais parler latin,
Sans le savoir. Enfin, la triste conséquence
De cette effroyable licence,
Comme dirait saint Luc, notre illustre écrivain,
En son style pétri de grâce et d'éloquence,
C'est la désolation,
De l'abomination,
Ou, si vous aimez mieux l'abomination
De la désolation;
Je n'ai pas en ma souvenance
Auquel des deux saint Luc donne la préférence,
Mais l'un ou bien l'autre je pense
Que ça n'a pas grande importance. »
Le renard, ou plutôt le duc de Renardy,
Puisqu'un décret dicté par lui
L'avait récemment ennobli,
Lui lançant un regard d'amoureux attendri,
Cligna de l'œil, et répondit ainsi :
« Eminence excelientissime,
Grandissime, sérinissime....
Sérénissime, dis-je, et révérendissime,
Promettez-nous votre concours,
Et vous verrez bientôt renaître les beaux jours. »

L'âne le lui promit; tous les deux s'embrassèrent,
Se jouèrent, se cajolèrent,
Se flagornèrent, se léchèrent,
Comme deux tourtereaux qu'unit le tendre hymen,
Puis messire Renard poursuivit son chemin,
Fort satisfait de sa journée.
Lorsque sa mission fut enfin terminée,
Il revint tout joyeux vers son maître le loup :
« Vous avez pour vous, ô mon prince,
Les loups et les renards de toute la province;
Les ânes et dindons vous acclament beaucoup;
Prince, le moment est suprême :
Vous ne seriez qu'un âne et qu'un dindon vous-même,
Si vous ne faisiez pas le coup! »

IV

LE COQ ET LA POULE.

(1856).

« Tu souffres; soigne-toi, mon ami, je t'en prie. »
Disait la poule au coq, atteint de la pépie.
Le coq l'envoya paître; il était entêté;
Vous dire qu'il creva serait la vérité;
Mais comme un pareil mot blesse la poésie,
Surtout la mienne, et que j'ai toujours rejeté
La moindre expression qui ne fût pas choisie,
Je dirai qu'il perdit la vie,
Qu'il alla s'abreuver aux ondes du Léthé;

Que dans un meilleur globe il se vit emporté,
Que par la cruauté de la Parque ennemie
L'existence lui fut ravie,
Bref, qu'il tourna de l'œil; et la moralité
De cette fable si jolie
C'est qu'il faut se soigner, quand on a la pépie.

Ce fléau que nous redoutons
Pour nos précieux volatiles,
Pour nos canards, pour nos pigeons,
Pour nos poules, pour nos dindons,
Et pour nos coqs gaulois, aussi braves qu'utiles,
Ah! quand donc ce fléau fatal
S'abattra-t-il enfin sur l'aigle impérial ?

V

LES MEMBRES ET L'ESTOMAC

(1856).

De porter l'estomac les jambes se lassèrent;
Il eut beau les prier, elles s'y refusèrent.
En toute chose il faut considérer la fin,
Dit le chantre de Jean Lapin.
Messire l'estomac, excité par la bile
Dont, pour notre malheur, il est souvent trop plein,
Des jambes chatia l'attitude immobile
En les laissant mourir de faim.

Lafontaine, avant moi, sur un sujet semblable,
S'est peut-être exercé; mais je n'en savais rien;
Car si je l'avais su, mon cher lecteur, crois bien
Que je n'aurais pas eu l'audace inconcevable

De... mais c'est fait, n'en parlons plus.
Quand je m'essoufflerais en soupirs superflus,
Ça n'empêcherait pas ma fable d'être faite,
Ni moi d'être du moins un plagiaire honnête,
Et toi-même agacé, tu me demanderais
'Si je te prends pour un niais.
Donc l'estomac du peuple est la fidèle image....
Ou plutôt, pour ôter à mon divin langage
L'équivoque que j'entrevois,
Du peuple l'estomac est l'image fidèle,
Et les jambes ce sont les rois.
Grace à Dieu, plus d'un peuple, à l'époque actuelle,
N'a pour tout souverain que lui-même et ses lois.
Mais sans un peuple idiot, qui les loge, les paie,
Les engraisse, les craint, les flatte, les égaie,
Sans cette foule de crétins
Qui courbe devant eux le front dans la poussière,
Qui leur baise les pieds, qui leur baise les mains,
Et qui leur baiserait au besoin le derrière,
Que deviendraient les souverains?
Liberté, liberté chérie,
Quand donc chasseras-tu de ma pauvre patrie
Ces dieux qui règlent nos destins?
Animaux plus hommes qu'humains,
Venus tout nus au monde, et, comme le vulgaire,
Eprouvant des besoins qui sont très peu divins,
Crachant, toussant, pissant, ou se plaisant à faire
Ce que faisaient jadis certains Césars romains;
Sous leurs augustes bras, sur leur sainte poitrine,
Et même un peu plus bas, sujets à voir courir
Cette prosaïque vermine
Que deux sous d'onguent gris, Dieu merci, font périr.

Pour nous débarrasser de ces augustes hommes,
O citoyens, attendrons-nous,
Qu'ils soient las de nous voir, vils laquais que nous sommes,
A leurs pieds tomber à genoux?
Hélas, nous attendrons encor bien des années!
Combien avons-nous vu de têtes couronnées
Quitter de leur plein gré leur sceptre, leur palais
Pour le plaisir d'aller cultiver des navets?
J'en trouve tout au plus deux ou trois dans l'histoire;
Encor si j'ai bonne mémoire,
L'empereur Charles Quint, au fond de son couvent,
Vrai sépulcre où l'orgueil l'enterra tout vivant,
Méprisant du repos le charme dérisoire,
Du trône regrettait les charmes plus certains.
Liberté, liberté chérie,
Quand donc chasseras-tu de ma pauvre patrie
Les dieux qui règlent nos destins?

VI

LE CIERGE.

Dans un réduit obscur un cierge délaissé,
Aux douceurs d'une paix profonde,
Osa préférer, l'insensé,
Le dangereux plaisir de briller dans le monde :
Il quitta sa retraite et d'un frivole éclat
Sa perte fut l'unique et triste résultat.

Car il était du monde où la cire des cierges
Ne se mélange point au suif qui l'avilit;
Et vierge, il a fondu comme fondent les vierges,
Dans le cours d'une nuit.

Et voilà trop souvent où l'orgueil vous conduit,
O vous qui désertez vos paisibles retraites,
Et croyez qu'il suffit de venir à Paris,
Pour que les alouettes....
Mais n'allez point pour vous prendre ce que j'en dis;
Ce n'est point, moi chétif, qui voudrais me permettre
De douter un instant du succès fabuleux
De votre talent monstrueux;
Je parlais seulement pour certains malheureux....
Et pour moi-même aussi peut-être.

VII

LA JEUNE FILLE QUI VEUT SE MARIER.

« Je veux me marier, » disait un jour Camille.
Son pére répondit : « Ma fille,
Songe que tu n'as que seize ans;
Une fille à seize ans ne perd pas pour attendre. »
Attendre ! à ce seul mot refusant de l'entendre,
Elle recommençait de plus belle à crier :
Je veux, je veux me marier.
« Camille, lui disait sa mère,
Crois-moi; pour le moment l'hymen serait contraire
A ta santé qui m'est si chère.
Attends encore un an ou deux,
Et tu me verras la première,
O Camille, à combler tes vœux. »
— « Attendre ! s'écria la fillette en colère,
C'est le même refrain que me chantait mon père.

Je veux me marier, et je n'attendrai point. »
« O Camille, lui dit à son tour Euphémie,
Sa jeune confidente, et sa meilleure amie,
O Camille, pourquoi chagriner à ce point.
Un père qui t'adore, une mère qui t'aime ? »
— Je veux me marier. » — « Connais-tu ton futur,
Comme je le connais moi-même ?
Envers les malheureux cet homme a le cœur dur,
Personne ne connaît l'état de sa fortune ;
Mais tout le monde sait que plus d'un créancier
Chez lui, hors de chez lui constamment l'importune ;
Ne sais-tu pas encor... » — « Je veux me marier,
Voilà ce que je sais ; et tout ton bavardage
Ne retardera pas d'un jour mon mariage. »
Elle se maria ; car ce que femme veut.....
Autour d'un soleil immobile,
Depuis six milliers d'ans que la terre se meut,
La femme, qui parfois est un objet utile..... ;
Mais laissons la femme tranquille ;
Autour d'un soleil très-mobile,
Depuis cent milliers d'ans que la terre se meut,
La femme... est toujours femme, et l'homme est-il plus sage ?
Au bout de huit jours de ménage,
Camille, au lieu de s'écrier,
De sa plus haute voix : « Je veux me marier ; »
Un matin que monsieur l'avait contrariée,
Retenant devant lui ses yeux prêts à pleurer,
Tout bas en soupirant se prit à murmurer :
« Hélas, que je voudrais n'être pas mariée ! »

VIII

MONSIEUR MOREL ET LE DYSTIQUE.

Né poëte, et doué d'un horrible visage,
Monsieur Morel avait deux travers des plus grands,
De fard rouge ni blanc il ne faisait usage,
Et les vers qu'il faisait étaient bien ses enfants.
Il avait composé l'épigramme suivante :
« *Parce qu'il a tué une oie à bout portant,*
Le sot Florival de son adresse est bien content. »
Il dit à Glatigny : « Jamais je ne me vante ;
Mais ne trouvez-vous pas mon dystique méchant ? »
Notre improvisateur répondit sur le champ :
« Parce qu'en un méchant dystique,
Tu traites Florival de sot,
Tu te crois rival de Marot ;
Et ce trait épigrammatique,
En réalité pour rival
Ne te donne que Florival. »

IX

ESOPE ET LE MIROIR.

Un jour, dans un miroir, Esope se voyait,
Et naturellement comme un bossu riait.
O vous, qu'un laid visage attriste,
Bancals ou bancaux, chassieux,
Borgnes, bossus et scrofuleux,
Imitez, croyez-moi, le sage fabuliste.

Si d'une fragile beauté
Dieu peut à notre corps refuser l'avantage,
De notre seule volonté
La beauté de notre âme est toujours le partage.

X

LE CRIMINEL ET L'AUMONIER.

Un criminel, sur l'échaffaud monté,
A la justice allait payer sa dette.
D'un aumônier tristement escorté,
Au fer fatal il va livrer sa tête :
« Mon pére, hélas, dit-il, mon crime est grand! »
— « Mon fils, répond le saint homme en pleurant,
Ne craignez rien; Dieu pour vous toute prête
Garde une place au milieu des élus :
Allez, mon fils, ne recommencez plus. »

XI

VIENNET ET LES TROIS VOLEURS.

« Du bruit de cent forfaits divers,
Moi qui pendant vingt ans ai rempli l'univers,
Je frissonne d'horreur, maintenant quand je pense
Avec quelle sévérité
Je vais être jugé par la postérité! »
C'est ainsi qu'en mourant un coquin d'importance
Parlait à deux amis, qui pleuraient près de lui.
L'un d'eux lui dit : « Mon cher ami,
Ne te chagrine pas d'avance;

Je possède un moyen de calmer ton tourment :
Puisque tu veux absolument
Que la postérité t'oublie,
Tu peux compter sur moi :
J'irai trouver Viennet, pour qu'il fasse de toi
Le héros d'une tragédie. »

XII

LE GASCON PRIS POUR MORT.

Qu'un menteur mente, ou qu'il ne mente pas,
De sa parole on fait le même cas.

Certain gascon, tombant en léthargie,
Fut pris pour mort, et couvert d'un linceul.
Un paysan près de lui veillait seul.
Le trépassé soudain s'éveille et crie :
« Délivrez-moi de ces liens maudits;
Je suis vivant; c'est moi qui vous le dis. »
Son gardien ne s'en émouvait guère,
Quand du défunt la compagne accourant :
« Brute, lui dit cette femme en colère,
L'entends-tu pas crier qu'il est vivant? »
« — Bon, répond-il, je le connais : il ment! »

XIII

LE RENARD ET LE CORBEAU.

Maître Corbeau, comme jadis,
Tenait dans son bec un fromage :
L'expérience, mon cher fils,
T'a-t-elle enfin rendu plus sage?
Lui dit de son ton patelin
Un vieux dindon pourtant malin;
Puisque l'amitié nous rassemble,
Rions et fricottons ensemble;
Et si le Renard vient, tous deux
Nous le narguerons à qui mieux.
Notre corbeau, le laissant dire,
Sur un arbre va se percher,
Et voit aussitôt s'approcher
Le renard que l'odeur attire :
« Eh bonjour, monsieur du corbeau.... »
Comme tu sais ton Lafontaine,
Cher lecteur, ce n'est pas la peine
De te citer tout le morceau.
A ce discours qui le flatte,
Comme s'il était nouveau,
Monsieur du Corbeau se hâte
De tomber dans le panneau.
Son bec s'ouvre; le gruyère
Par terre vient s'aplatir;
Et notre rusé compère
Ne l'y laisse pas moisir.

Mais une horrible souffrance
Vient troubler sa jouissance :
« Hélas, tu ne m'as donné
Qu'un fromage empoisonné !
S'écria le misérable.
J'ai cru te tromper deux fois;
C'est à moi seul que je dois
L'affreuse mort qui m'accable. »

XIV

LE RENARD ET LES DINDONS.

En guerre avec les coqs, quelques pauvres dindons
Appelèrent à leur défense
Un vieux renard des environs.
Notre tartufe accourt en toute diligence;
Il les embrasse tous avec effusion,
Et, dans un sermon plein d'une sainte éloquence,
Déclare qu'il les prend sous sa protection.
Ses plans, arrêtés à l'avance,
En bon jésuite étaient conçus :
Les vainqueurs, après la victoire,
Seront par lui croqués tout comme les vaincus.
Aussitôt des dindons toute la bande noire
S'aligne à son commandement,
Et s'avance intrépidement
Vers le camp retranché de l'armée ennemie
Qu'ils comptent trouver endormie.
Elle dort, en effet; mais un chien vigoureux
Qui, lui, ne dormait point, fond brusquement sur eux,

Les repousse en désordre, accable de morsures
Leur chef qui, le premier, ayant fui lâchement,
Clopin-clopant rejoint son lâche régiment.
Alors leur faisant voir ses honteuses blessures,
Il leur dit d'un ton fier : « Eh bien, avez-vous vu,
Messieurs, comme je l'ai battu ! »

C'est ainsi que Veuillot, l'écrivain catholique,
Combat les champions de notre république.

XV

LA FABLE DE MON AMI LOUIS.

Mon cher lecteur
Je mêts la plume à la main pour te dire
Que je regrette bien de n'être pas l'auteur
De la fable que tu vas lire :
C'est mon ami Louis, modeste intituteur,
Qui l'a faite lui-même, entends-tu bien, lui-même !
Ce cher Louis, il faut vraiment
Que je l'aime comme je l'aime,
Pour réprimer un sentiment
Trop commun malheureusement
Entre poëtes de génie.
Eh ! quoi, dis-tu déjà, Louis est ton ami,
Et tu te sens le cœur animé contre lui
D'une odieuse jalousie ?
— Hélas, oui, cher lecteur ; mais lis ceci d'abord ;
Après tu me diras si j'ai tout-à-fait tort.

MOUTON ET FINETTE

OU

ROSE ET ADOLPHE.

Enlevé aux mamelles de sa mère,
Mouton appartint de bonne heure
A Rose, la joyeuse ouvrière,
Epouse destinée au cœur
D'une amitié printanière.
Pendant bien longtemps il fut la tendresse
Du maître, l'amour de sa digne maîtresse.
Mais un jour le hasard fit trouver,
A une distance du gîte égarée,
Finette la chienne perdue
Par une main inconnue.
Alors tout bonheur fut effacé
Pour ledit mouton, chat coupé.
Son amie, ex-compagne d'infortune,
Prit tout de suite place
Aux caresses néfastes
De l'hôte à la griffe importune.
Elle plut toujours bien
Aux amants du bien ;
Mais son rival, au contraire,
Persécuté par un sort pervers,
Au pied du lit resta longtemps malade;
Vit même de près la mort tout effroyable.
Cependant à la fin rétabli,
D'ex-ennemi repoussant le mépris,
Devint bientôt l'ami sincère
De la chienne tout-à-fait fidèle.

Et aujourd'hui vivant dans une parfaite alliance,
Ils éprouvent la plus véritable condescendance;
Tous deux aussi sont les modèles,
Et les objets chéris
De Rose et Adolphe fidèles
Et à jamais unis.

XVI

LE CHANTRE DES MARRONS D'INDE.

Le grand Achille un jour fabriquait sans marrons
L'huile de marrons d'Inde, un remède céleste,
Qui guérit les douleurs, les clous, les durillons,
Les flatuosités, la gale, les bubons,
Les rhumes de cerveau, la migraine, la peste,
Le paraphimosis, la morve, les boutons,
La constipation, et les démangeaisons,
Et la colique aussi, sans vous parler du reste;
A raison de cinq francs, somme vraiment modeste,
Si l'on songe qu'on a, par-dessus le marché,
Un beau prospectus panaché
Des extraits extra-véridiques
De quinze à vingt certificats,
Tous pris au hasard dans le tas
De cent mille six cents guérisons authentiques.
Donc, tout en fabriquant son produit vénéré,
Le grand littérateur pharmacien-droguiste,
Par le démon des vers se sentit inspiré;
Et lâchant son pilon, son pilon adoré,
Entre les mains du garçon qui l'assiste,

Voici ce que chanta ce cygne méconnu,
Devant Monsieur Lacasse, herboriste reçu :

« L'un, du *Codex*, très fervent prosélyte,
Attend de lui la fortune et l'honneur.
L'autre prétend que si l'art périclite,
L'on doit s'en prendre au charlatan hableur.
N'est-il pas dans notre âme une fibre plus sainte,
Sachant vibrer parfois à ce mot : liberté ?
De ce mot dans nos mœurs mettons partout l'empreinte
Et consacrons nos droits par notre dignité.
Honneur à nos chimistes;
Respect aux commerçants;
Plaignons les égoïstes;
Et buvons au bon sens. »
Achille ainsi chanta; l'herboriste reçu,
Qui naturellement était en poésie
A peu près aussi fort qu'en herboristerie,
Ne lui répondit rien, tant il était ému;
Tandis que des beautés de ce chant imprévu,
Le garçon lui-même idolâtre
S'essuyait sous le nez une larme verdâtre.

VXII

LA BILE ET LE CONDUIT CHOLÉDOQUE.

Le conduit cholédoque un jour à l'estomac
Menait tranquillement la bile;
La bile, qui n'est pas d'une humeur très facile,
Sans rime ni raison tout d'un coup s'enflamma;

Au conduit cholédoque elle chercha querelle.
Le conduit cholédoque avec Cadet-Rousselle,
A ce trait de commun, c'est qu'il est bon enfant;
Mais cette fois il cède à sa juste colère;
Et pour punir la bile, il trouve fort plaisant
De la retenir prisonnière.
Elle a beau s'indigner, crier, jurer, pester,
Bien loin de s'en épouvanter :
« Va, tant qu'il te plaira, débats-toi, je m'en moque! »
Disait le conduit cholédoque.
La bile de ses sots transports
Dut enfin réprimer la rage inassouvie,
Et la tempête fut suivie
D'un calme plat sous tous rapports :
« Cholédoque chéri de mon cœur, je t'en prie
Je t'en conjure, et t'en supplie;
Des pleurs que je répands ne te fais pas un jeu;
Hélas, je manque d'air; j'étouffe, je suis morte!
Pour l'amour de Dieu,
Ouvre-moi ta porte;
Ouvre-moi ta porte
Pour l'amour de Dieu. »

J'ai dans ma clientèle une espèce d'Hercule;
Ce bon mari, si bon qu'il en est ridicule,
Reçoit, sans dire mot, et sans lever les yeux
Les grossiers horions d'une guenon d'épouse,
Qui, du matin au soir, le poursuit en tous lieux.
De son humeur sombre et jalouse.
Eh! ventrebleu, qui donc empêche le nigaud
De quitter un moment sa douceur naturelle,
Et par quelques soufflets appliqués comme il faut,
De mettre à la raison sa maudite femelle?

Nota : laissez-moi, mes amis,
Comme pharmacien, vous donner un avis,
C'est que dans les excès de bile,
Une purgation n'est jamais inutile.

Je vends l'eau de Sedlitz vingt sous;
Mais ce sera dix-huit pour vous.
Vous en prendrez un verre, à jeun, tous les quarts d'heure;
Puis vous boirez du thé léger,
Ou plutôt du bouillon à l'oseille sans beurre;
Et tant que vous irez, évitez de manger.

XVIII

LE SAVANT.

Une femme, tenant son enfant dans les bras,
Consultait un jour l'herboriste :
« Mon enfant, disait-elle, est triste,
Et depuis quelques jours ne mange presque pas.
Qu'en pensez-vous, Monsieur? » Mais l'homme de science
S'était croisé les bras, et gardait le silence.
Enfin daignant sortir de son recueillement
Il lui dit solennellement :
C'est qu'il est constipé, Madame! — Non dit-elle;
Il va gentiment à la selle;
Mais il se gratte fort le nez;
Comme vous le voyez, il a les yeux cernés,
Et son urine est blanche et claire...
— Votre fils a les vers, Madame! — C'est aussi
Ce que je crois, Monsieur. — Oui, Madame! Et voici

Ce que je lui prescris de faire.
Votre fils, Madame, prendra,
Chaque matin à jeun, pendant trois jours de suite,
Et dans un peu de pomme cuite,
Le tiers de cette graine là. »
Il avait deviné parfaitement la chose;
Car le pauvre petit, dès la première dose,
Rendit par le bas six gros vers.

Cette historiette enfantine
Nous prouve que la graine à vers,
Qu'on appelle aussi barbotine,
Est très bonne contre les vers.

XIX

LE DINDON.

A ses amis de basse-cour,
Le dindon racontait un jour
Comment une grenouille folle
Avait voulu se faire aussi grosse qu'un bœuf.
Il ne racontait pas quelque chose de neuf;
Mais il semblait si bien manier la parole,
Que poules et canards, sous le charme plongés
L'écoutaient en silence, autour de lui rangés.
Et pourtant son récit lui coutait peu de peine;
Notre homme mot pour mot déclamait Lafontaine....
Je l'appelle notre homme, et je n'ai pas raison;
Mais si je pensais faire une comparaison,
Je veux bien l'aller dire à Rome.
Un homme est quelquefois dindon,
Mais un dindon n'est jamais homme.

Son conte terminé, tout le monde applaudit;
Mais la pièce n'est pas finie.
Ce succès mérité le grise et l'enhardit;
Et les toisant du haut de son profond génie,
D'un petit air rempli de malice, il leur dit :
Savez-vous le pays où l'on connaît mieux l'heure?
C'est le département de l'Eure.
Savez-vous qu'est-ce qu'un pendu?
C'est un paon qui n'est pas payé, puisqu'il est dû.
Beaucoup des auditeurs dégoutés s'en allèrent;
Et tous les autres le sifflèrent.

Un sot peut nous charmer, quand il fait un récit;
Mais il redevient sot, dès qu'il fait de l'esprit.

XX

VICTOR HUGO ET LES TROIS JEUNES FILLES.

« Allez, allez, ô jeunes filles,
Cueillir des bluets dans les bois. »
Et la rime, par nous maudite tant de fois,
Dira non-seulement qu'elles étaient gentilles,
Mais encor qu'elles étaient trois;
Les folâtres enfants dociles à la voix
Du barde qui chanta, sur sa lyre brutale,
Les jolis, les brillants, les splendides exploits
De cette majesté brave, auguste et loyale
Qui porte le beau nom de Napoléon trois;
Dociles à la voix du plus grand des poëtes,
Pour cueillir des bluets nos joyeuses fillettes,

En se donnant la main s'en allèrent au bois.
Elles revinrent toutes trois :
« Avez-vous été bien gentilles ?
Avez-vous été, jeunes filles,
Cueillir des bluets dans les bois ? »
« Nous avons été bien gentilles ;
Mais n'ayant pas trouvé de bluets dans les bois,
Nous avons cueilli des noisettes. »
Le grand poëte, ouvrant de grands yeux stupéfaits
Leur répondit huit jours après :
« Voulant savoir comment il se fait, ô fillettes,
Qu'en dépit de mes vers, qui doivent être vrais,
Vous n'ayez pas trouvé dans le bois de bluets,
Je me suis rendu tout exprès
Chez mon pharmacien, homme instruit et modeste,
Comme tous ses pareils, du reste ;
Il m'a dit sa pensée en termes un peu verds,
Sur l'érudition des fabricants de vers ;
Mais, Dieu merci, je sais avaler des pilules :
Où, ô Hugo, huchera-t-on ton nom?
A l'Institut que nommé ne t'a-t-on?.....
Aussi sans insister sur ces vers ridicules,
Je vous préviens que désormais,
Quand je vous le dirai dans mes vers, ô fillettes,
Vous irez dans les bois pour cueillir des noisettes,
Et vous irez aux champs pour cueillir des bluets. »

XXI

LE CHANT DU PINSON.

(1851.)

C'était le vingt avril : à sa charmante enfant,
Qui se grattait le nez d'un doigt indifférent,
Une mère disait, de sa voix la plus tendre :
Je te conseille, ô Débora,
D'aller à l'Alcazar entendre
Les superbes couplets que l'on y chantera.
Débora, se moquant d'un conseil aussi sage,
Partit se promener au bois.
Elle allait pour cueillir une mûre sauvage,
Quand soudain du pinson elle entendit la voix;
Croyant comprendre son langage,
La petite fille écouta,
Et le pinson ainsi chanta :

Chantez, criez, sifflez, ô filles et garçons!
Braillez, démontez-vous, s'il le faut, la machoire!
Louis-Napoléon, le prince plein de gloire
Revient; hurlez, beuglez, crevez-vous les poumons!

Persigny s'emportant comme une jument corse,
A la gare du Nord se trouva le premier;
Et Maupas ayant soin d'attraper une entorse,
Armé de cette excuse, arriva le dernier.

Un pierrot, couvert de farine,
Qui près de là faisait le guet,
Disait aux sœurs de Messaline :
Nous allons revoir Badinguet !

Des monarchistes dans l'attente,
Napoléon comblant les rêves les plus doux,
Au beau milieu d'eux se présente,
S'oublie, et dit : voilà pour vous !

Bien que Saint-Arnaud sut l'histoire
De l'apparition du sauveur des Français,
Il répétait : Pour moi, je refuse d'y croire ;
C'est Veuillot qui le dit ; je n'y croirai jamais.

O Saint-Arnaud, voyez ma fesse impériale,
Mes deux yeux de fer blanc, et mon nez plein de feu ;
Et les absurdités, dont Veuillot vous régale,
Faites semblant d'y croire un peu.

Après que Saint-Arnaud eut bien taté son maître
Pendant une heure ou deux, il s'écria : morbleu !
Je m'empresse de reconnaître
Que de l'oncle vraiment vous êtes le neveu !

Heureux le Français imbécile
Qui lit Veuillot et qui le croit :
Pour lui le ciel est si facile
Qu'il est sur d'y grimper tout droit.

Français, puisque ce jour est pour vous une fête,
Buvez avec excès, buvez avec fureur !
Car pour glorifier le futur empereur,
Il faut avoir perdu la tête.

XXII

LA DÉCEPTION A DIX-NEUF ANS PASSÉS

(ROMANCE).

J'avais vingt ans, ou plutôt pas encore;
Mais en tous cas, je n'en étais pas loin.
Un soir tout bas, je lui dis : « je t'adore. »
Elle m'offrit une botte de foin.
C'était vexant; ma douleur fut extrême.
L'air retentit de mes beuglements sourds;
Car, voyez-vous, je l'aimais comme on aime
A dix-neuf ans, onze mois, vingt-neuf jours.

Avec mes pleurs, véritable fontaine,
Avec mes pleurs, avec mes pleurs j'aurais,
J'aurais empli, j'aurais empli sans peine,
J'aurais empli sans peine deux baquets.
Conclusion : S'il t'arrive à toi-même
D'avoir, lecteur, de nouvelles amours,
Garde-toi bien d'aimer comme l'on aime
A dix-neuf ans, onze mois, vingt-neuf jours.

XXIII

LE MOURON ET LA RAIPONCE.

Il n'est peut-être pas mauvais de vous apprendre
Qu'il est du mouron blanc, du rouge, et puis du bleu.
Ainsi l'a voulu le bon Dieu,
Afin que tout le monde à son gout puisse en prendre.

Le grand poëte qui de bleu
Badigeonne ses poésies,
Et nous chante toujours, pour varier un peu,
Le ciel bleu, le flot bleu, le vaste océan bleu,
Pourra ceindre son front avec des fleurs choisies
Dans un gazon de mouron bleu.
Au bel oiseau que dans sa cage
A mis Alain, son cher amant,
Lise, plus prudente que sage,
N'offrira que du mouron blanc;
Car le rouge et le bleu forment un aliment
Qui le ferait crever; et ce serait dommage,
Un oiseau qui possède un si tendre plumage!
Enfin le fier républicain
Qui ne rève que le partage
Et se repait de sang humain,
Pour flatter son humeur féroce et sanguinaire
Pourra de mouron rouge orner sa boutonnière.
Quant à moi, s'il m'était permis de faire un choix,
Je donnerais la préférence
Au blanc, au rouge, au bleu, c'est-à-dire à tous trois;
Car ils sont les couleurs de notre pauvre France.

Un jour à la Raiponce, un de ces trois Mourons
Disait : Qui pense à nous, hélas, quand nous mourons?
Triste et les yeux remplis de larmes, la Raiponce
Ne lui fit aucune réponse

Je ne peux pas *sentir* ces gens dont la fierté,
Au plus simple bon *sens* toujours inaccessible,
Dit que les fleurs n'ont point de *sensibilité*.
Loin que leur *sentiment* par moi soit adopté,
Je soutiens que les fleurs ont une âme *sensible*,
La *sensitive* en est une preuve visible.

XXIV

LES BOUCS ET JUPITER.

Du ciel, bien mieux que moi, connaissant le chemin,
Messieurs les boucs un jour allèrent
En députation trouver le Dieu Jupin,
Et dans ces termes lui parlèrent :
« Jupin, en nous donnant de la barbe au menton,
Jupin vous avez eu raison;
Mais, Jupin, nous trouvons mauvais que nos épouses
En aient reçu, Jupin, autant que leurs époux.
Jupin, vous nous rendez jaloux,
En craignant, ô Jupin, de les rendre jalouses.
Car partout, ô Jupin, qu'est-ce que nous voyons?
Aux mâles.... » « Excusez, si je vous interromps,
Dit brusquement Jupin; votre plainte me touche,
Mais vous oubliez trop de m'appeler seigneur;
C'est mon titre, j'y tiens, messieurs; avez-vous peur
Qu'il ne vous écorche la bouche?
Outre que les Jupin tout courts
Dont vous entrelardez votre éloquent discours
Sont d'un effet, messieurs, furieusement bête...
Messieurs, passez-moi l'épithète...
Ces Jupin, répétés sans rime ni raison,
Me tapent sur les nerfs d'une horrible façon.
Cela dit, poursuivez, messieurs, je vous écoute. »
L'interprête des boucs étonné, mais poli,
S'inclina jusqu'à terre, et recousut ainsi
Un discours qu'il avait par cœur appris sans doute :

« Car, ô Jupin... seigneur, dis-je, que voyons-nous,
Quand nous portons les yeux aux quatre bouts du monde?
Ou bien, si vous jugez qu'avec ces quatre bouts
Ne soit pas compatible une machine ronde,
Qu'est-ce, ô Jupin.... seigneur, dis-je, que nous voyons,
Dans la nature tout entière?
Aux mâles seuls revient la faveur singulière
De porter de la barbe. Est-ce que des lions
Les lionnes jamais ont porté la crinière?
Si des reines de France ont eu des favoris,
Est-ce qu'ils ressemblaient à ceux de leurs maris?
L'épouse humaine a-t-elle une barbe sensible,
Ou du moins comme l'homme une barbe visible?
C'est pour cela, seigneur, que nous venons vers vous,
Pour que vous retiriez aux chèvres des insignes
Qui devraient seulement être portés par nous,
Puisque nous seuls en sommes dignes. »
Jupin leur répondit : « Messieurs, en vérité,
Je suis énormément flatté
Que vous ayez eu la bonté
De daigner vous donner la peine
De vous déranger de si loin,
Tout exprès pour m'apprendre un fait dont j'ai besoin,
Pour mon instruction, du reste, qu'on m'apprenne :
Le jour qu'il fabriqua vos femelles, Jupin
Travailla comme un vrai crétin.
Quand la barbe qui les décore
Serait dix fois plus longue encore,
Auront-elles jamais, ô stupides époux,
Le même courage que vous? »

Pour un roi, c'est-à-dire un personnage auguste,
Je trouve que Jupin raisonnait assez juste.

Du reste Crébillon l'avait dit après lui :
« Le cœur fait la vaillance, et non pas la barbiche »
Lorsque les feux éteints d'Holopherne endormi
Rappellent à Judith qu'il est son ennemi,
Croyez-vous que la belle en barbe soit très-riche?
Mais un fait qui nous prouve bien
Qu'aux poils de la figure un héros ne doit rien,
C'est que si le Français était d'autant moins lâche
Qu'il porte une belle moustache,
De tous nos souverains, empereurs ou bien rois,
Le plus brave serait, qui ? Napoléon trois ! ! !

XXV

LES DEUX LUMIÈRES DU XIXe SIÈCLE.

« Va te moucher un peu plus loin,
Vil amour du cosaque ; et surtout prends bien soin
De ne pas me salir par ton contact ignoble.
Ignores-tu que je suis noble,
Et que j'ai mes deux noms, en un seul réunis
Par la puissante particule
Qui fait de Ribenac une noble crapule,
Et d'Henri Rochefort un étrange marquis ? »
C'est en ces mots qu'à la chandelle
Parlait le bec de gaz : « Ami, répondit-elle,
Ton patron est moins fier que toi ;
Car lorsque dans l'hiver l'eau de son compteur gèle,
Il ne se prive pas d'avoir recours à moi.

D'une bouteille de champagne,
Ou de quelque bon vin qui ne soit pas nouveau,
Veut-il goûter ? moi seul, au fond de son caveau,
Ai l'honneur d'être sa compagne.
Fourrée au beau milieu d'une tête de veau,
C'est moi qui, vers minuit, jadis par la campagne,
Dans la main de mauvais plaisants,
Répandais la terreur parmi les paysans.
Et lorsqu'aux habitants d'une cité normande,
De par monsieur le maire il est fait assavoir
Qu'il est expressément, sous peine d'une amende,
Défendu de sortir sans lanterne le soir,
L'oubli qu'il fait de moi force monsieur le maire
A refaire assavoir, d'une façon plus claire,
Que ma présence et ma clarté
Sont avec la lanterne une nécessité.
Consulte le plus savant homme,
Il t'apprendra qu'à moi revient l'insigne honneur
D'avoir donné son nom à la fête qu'on nomme
La fête de la Chandeleur.
Pendant qu'une épouse perfide
Comble un amant de ses faveurs,
C'est moi qu'y voit l'époux candide,
Avec trente-cinq de mes sœurs.
Dans le *Gradus francais*, un livre que j'estime,
J'ai beau te chercher une rime,
De *triomphe* et de *genre* éprouvant le destin,
Jamais d'un vers français tu n'as formé la fin.
Chez moi, c'est différent, et la jeune Isabelle,
Sans t'en citer encor dix autres avec elle,
Telles qu'Angèle, Adèle, Estelle,
Et n'importe quelle pucelle,

De quelque nom qu'elle s'appelle,
Qu'elle soit fidèle, rebelle,
Tourangelle, cruelle, immortelle ou ficelle,
Tendre comme une tourterelle,
Légère comme une gazelle,
Triste comme un varicocèle,
Laide comme Polichinelle,
Sciante comme une vielle,
Ronde comme une coccinelle,
Ou plate comme une semelle,
Je disais donc, que la jeune Isabelle,
Au fond du bosquet sombre, où chante Philomèle,
De concert avec son amant,
A rimer avec moi trouve un plaisir charmant.
Des magasins brillants le brillant étalage,
Quand l'ombre de la nuit descend du haut des monts,
Par toi brille encor davantage;
Mais si pâles qu'ils soient, mes modestes rayons,
En sa mansarde où je l'éclaire,
Sont le lustre du prolétaire;
A mon ambition cette gloire suffit.
Oh? combien j'aime à voir, quand ma flamme pâlit,
De la plus sage des grisettes,
Les jolis petits doigts mouillés légèrement,
Arrachant de ma mêche un superflu fumant,
Faire l'office de mouchettes!
Le résultat cherché n'est pas toujours atteint;
C'est parfois ma lueur qui brusquement s'éteint,
Et la nuit qui devient obscure,
Et la maman qui crie, et le papa qui jure;

Faible orage, éclair passager
D'une mauvaise humeur qui, déposant les armes,
De leur folâtre enfant les force à partager
Le rire qui va jusqu'aux larmes.
Quelle est ta liberté? pendant que pour toujours,
A la place que l'on t'assigne,
Tu subis le carcan, comme un brigand insigne,
De la cave au grenier je vais, je viens, je cours;
J'accompagne en un long voyage
Mainte voiture de roulage,
Et si l'imprudent voiturier
A le malheur de m'oublier,
Par un procès verbal, qui n'a rien d'illusoire,
Le gendarme lui vient rafraîchir la mémoire.
Bref, si je ne craignais qu'un hiatus fâcheux,
Souillant le dernier vers de cette belle fable,
Ne répandit sur elle une tache ineffable.....
ineffaçable vaudrait mieux;
Mais de peur d'offusquer madame la mesure,
J'ai pris le parti de l'exclure :
Je sais bien que j'offense à son tour la raison;
Mais des poëtes en renom,
Comme aujourd'hui c'est le systême
D'avoir la rime seulement,
Ce que ces messieurs font souvent,
Pourquoi ne pourrais-je moi-même
Le faire une fois en passant?
Qui ne sait se borner ne sut jamais écrire,
A dit dans son codex des poëtes gaulois
Nicolas qu'il est bon d'écouter quelquefois.

Quant à moi, Nicolas n'a rien à me prescrire;
Ce n'est pas Nicolas qui me fera la loi;
Nul poëte d'ailleurs n'est plus borné que moi,
Heureusement pour vous; c'était donc pour vous dire
Que si je ne craignais de faire un hiatus,
Je vous dirai, non pas que je n'en dis pas plus;
Mais je dirais, parlant le sublime langage
D'une chanson des temps passés :
« Je n'en dis pas davantage,
Car en voilà assez. »

LIVRE TROISIÈME.

I

A JULIE.

C'est à toi, ma Julie, en guise de préface,
Que je viens de ce livre offrir la dédicace.
Que ton nom adorable, en tête ainsi planté,
Te conduise d'emblée à la postérité,
C'est là du fond du cœur ce que je te souhaite,
Souhait d'autant plus noble et désintéressé
Que j'ai tout à gagner de le voir exaucé;
Car n'est-ce pas le cœur qui seul fait le poëte,
A dit André Chénier?.... Mais de ton cœur à toi,
Où sont les heureux jours, où tu gardais pour moi
La place la plus belle, ô ma belle Julie?
Sur mon front assombri l'âge s'est imprimé;
Et toi, toujours plus jeune, et toujours plus jolie,
Sous l'étrange amitié dont j'étais enflammé,
Tu ne saurais plus voir l'amour qui me dévore.
Ah! si je ne suis plus ton amant bien aimé,
Pourquoi suis-je toujours un ami qui t'adore!

II

HYMNE A LA CAROTTE.

O carotte, ô merveille, ô reine des primeurs,
Riche fraîcheur épanouie,
Toi qui prêtes l'éclat de tes rares couleurs
Aux vierges de l'Araucanie !

Quitte ces haricots, dont l'aspect n'est point beau,
Et cette campagne déserte;
Oh ! quitte-les, et viens embellir mon cadeau,
Mon beau cadeau pour Austreberthe !

Austreberthe, vois-tu, c'est ma carotte à moi;
C'est mon Austreberthe adorée;
C'est Diane qui vient me ranger sous sa loi,
Dans une vision dorée.

Ah ! lorsqu'entre ses doigts, ornés de diamants,
Tu sentiras qu'elle te presse,
Comme un fougueux coursier, aux yeux bleus, aux crins blancs
Que dompte une ardente maîtresse.

Comme le rossignol au roitelet parfois
Emprunte une chanson sonore,
Carotte de mon cœur, prends mon accent, ma voix,
Et dis lui pour moi : Je t'adore.

III

SONNET AU LECTEUR.

Je veux faire un sonnet; deux quatrains, deux tercets,
C'est donc quatorze vers qu'il faut que je compose;
Je ne le savais pas, maintenant je le sais,
Je le sais, et j'hésite !.... Hélas, l'homme propose....

Faire un simple sonnet me semblait peu de chose
Quand je n'en faisais pas; à présent que j'en fais,
O lecteur, ô mon frère, ah ! quel plaisir j'aurais
De m'alléger sur toi du bât que je m'impose !

Il faut boire le vin, puisque je l'ai tiré,
Et sortir du guêpier où je me suis fourré.
Si mon sonnet, malgré tout le soin que j'y porte,

Te déplaît, réfléchis que c'est mon premier; mais
Si ma muse à ce jeu me rattrape jamais,
Je veux bien, cher lecteur, que le diable t'emporte !

IV

LA PERVENCHE.

Assise au bord d'un ruisseau,
Blanche regardait s'ébattre
Toute une bande follâtre
De petits poissons dans l'eau.

Jules de fleurs de pervenche
Non loin de là composait
Un délicieux bouquet :
Il s'en vint l'offrir à Blanche.

Qu'ai-je besoin de ta fleur !
Dit brusquement la cruelle.
Jules à quelques pas d'elle
Alla cacher sa douleur.

Mais un cri se fait entendre,
Blanche est pâle, Blanche a peur.
N'écoutant que son bon cœur
Jules accourt la défendre.

Près d'elle, sur le gazon,
Un orvet montrait la tête.
Jules, d'un coup de talon,
Ecrase la pauvre bête.

Et d'un sourire charmant,
Payant son heureux amant :
Jules, qu'as-tu fait, dit Blanche,
De ton bouquet de pervenche ?

V

LE DÉCALOGUE D'UN LYCÉEN.

(Souvenir de classe.)

1

Fais-toi de ces devoirs une sévère étude,
Et sache les remplir avec exactitude.

2

Gourmandise et paresse en toi voudraient régner ;
Par de constants efforts il faut les éloigner.

3

Le matin lève-toi, lorsque six heures sonnent ;
Et pour toi songe au mal que tes parents se donnent.

4

Avant de t'endormir le soir il faut chercher
Si tu n'as sur le cœur rien à te reprocher.

5

Sache au moins rattraper cinq minutes perdues
Par des devoirs soignés, et des leçons bien sues.

6

Au bacchalauréat, si tu veux du succès,
N'ouvre que tes auteurs latins, grecs et français.

7

Sois propre, sois soigneux, sois économe, et pense,
Jusqu'au moindre centime, à noter ta dépense.

8

Tu dois quand au café quelqu'un veut t'entraîner,
Par un refus formel l'envoyer promener.

9

Ne rends pas ton piston à tes devoirs nuisible,
Et donne aux étrangers le moins de temps possible.

10

Chaque jour, si tu veux t'épargner des tourments,
Lis et suis en tous points ces dix commandements.

VI

A ADOLPHE.

De sa candeur farouche inutile vainqueur,
Adolphe, où sont les jours que tu coulais près d'elle,
Les jours de douce ivresse, où brûlait dans son cœur
Une flamme fidèle ?

Ils ne sont plus ; l'hiver de ses tristes frimas
Est deux fois revenu désoler nos climats,
Depuis qu'elle a trahi l'affection sacrée
Qu'elle t'avait jurée.

Adolphe, qui pourrait dépeindre tes ennuis,
Quand de ta passion, par elle repoussée,
Le souvenir revient, dans l'ombre de tes nuits,
Assombrir ta pensée !

Aux accents mérités du plus juste mépris
Ne vois-tu point parfois ton oreille rebelle ?
Et ne te sens-tu point, Adolphe, encore épris ?
Céline était si belle !

Si belle, quand tous deux, dans les prés verdoyants
Vous égariez vos pas, jeunes cœurs de vingt ans,
Et que d'un doux baiser son pudique silence
Approuvait l'insolence !

Ce jour où tu lui fis de funestes adieux
De tes plus chers amis excita les alarmes ;
Combien de ton rival le triomphe odieux
Te fit verser de larmes !

Dans les sentiers déserts où l'ennui t'égarait,
Vainement de sa voix ton oreille attentive
Réclamait aux échos de la sombre forêt
La grâce fugitive.

Ce jour où la perfide osa te préférer
Un homme que tu hais, un homme qu'elle adore,
Ah ! quand tu t'en souviens, est-ce pour l'exécrer,
Ou pour l'aimer encore ?

Non, c'est pour l'exécrer; bientôt, toi qui l'aimais,
Tu la verras souillée et flétrie à jamais;
Tu bondiras de joie, et ta flamme outragée
Mourra du moins vengée !

VII

A JULIA.

Déjà mes chants de victoire
Faisaient retentir les cieux,
Et je prenais vers la gloire
Mon essor audacieux.

De mon avenir la route
Se dessinait à mes yeux,
Comme la divine voûte
Sous un soleil radieux.

Et sur la palme éternelle
Dont j'avais le front paré,
Une lèvre maternelle
Cueillait son baiser sacré.

Puis quand j'ai senti m'atteindre
L'amère déception,
Sans pleurer j'ai vu s'éteindre
Mon rêve d'ambition.

Car d'un astre tutélaire
J'ai subi la douce loi;
Et cet astre qui m'éclaire,
O ma Julia, c'est toi !

VIII

CHIMÈRE.

Lorsque dans les bras de Morphée
J'oubliais mes sombres ennuis,
Une jeune et brillante fée
Charmait la longueur de mes nuits;
Je voyais du haut de la nue,
Bondissant comme l'écureuil,
Cette enchanteresse inconnue
De mon taudis franchir le seuil.

Sa main mignonne aux doigts de rose
Pressait ma frémissante main,
Pendant que sur mon front morose
Glissait sa lèvre de carmin;
Et je disais, dans mon ivresse :
O chimère, ne t'en vas pas !
Je t'aime, ô belle enchanteresse,
Et veux t'aimer jusqu'au trépas !

IX

DIS-MOI POURQUOI?

D'un sein de rose
La porte est close,
Est-ce la loi ?
Ta main rigide
Te sert d'égide,
Dis-moi pourquoi?

Ton bras succombe,
Ton fichu tombe,
Dieux, quel effroi !
Telle qu'une ombre,
Tu deviens sombre,
Dis-moi pourquoi?

Ta gorge est nue,
Mon âme émue
Bondit en moi :
Elle est brûlante,
Toi frémissante,
Dis-moi pourquoi?

Un nœud se brise,
C'est par méprise
Crois en ma foi.
Ciel, que de charmes !
Mais tu t'alarmes,
Dis-moi pourquoi?

Vain entourage !
Jupe et corsage
Tombent sous toi.
Mon sang bouillonne,
Ta chair frissonne :
Dis-moi pourquoi ?

Du doux mystère
La fleur m'est chère,
Fais-m'en l'octroi.
Faveurs divines !
Mais tu t'obstines,
Dis-moi pourquoi ?

Beauté chérie,
Je sens ma vie
Passer en toi.
Eh ! quoi ma flamme
Trouble ton âme,
Dis-moi pourquoi ?

Bonheur suprême,
O toi que j'aime,
Reçois ma foi.
Cieux, quel délire !
Ton cœur soupire,
Dis-moi pourquoi ?

X

STANCES A LA VIERGE.

Quel heureux temps pour moi, quand mes doigts innocents
Tressaient pour ton front pur les fleurs de la prairie;
Et qu'ils brûlaient pour toi le plus suave encens,
Pour toi, douce Marie!

Ce jour où je te fis de funestes adieux,
Qui pourrait de ton cœur dépeindre les alarmes?
Et combien de l'enfer le triomphe odieux
Dut t'arracher de larmes!

Je n'ai plus pour Satan qu'un souverain mépris,
Lui qui me promettait d'immortelles délices;
Qu'étaient tous les plaisirs dont il m'avait épris?
D'horribles précipices!

Ah! quand tu te souviens de cet affreux péril
Qui semait sous mes pas l'ennemi que j'abhorre,
Lorsque tu t'en souviens, ô Vierge, se peut-il
Que tu m'aimes encore?

Oui, tu m'aimes encore : ô suprême faveur!
A la gloire céleste une âme était ravie;
C'est toi qui l'as sauvée; ô mère du Sauveur;
A toi toute ma vie!

XI

REMORDS.

Ses regards qui cherchaient un amant infidèle,
Las de ne point l'apercevoir
Dans les rares amis qui pleuraient autour d'elle
Retombaient avec désespoir.

Et dans un triste effort sa lèvre convulsive
Pour me pardonner s'entr'ouvrait,
Pendant que des baisers de sa bouche lascive
Une rivale m'enivrait.

De l'éternelle nuit sur sa froide paupière
Le voile noir s'est abaissé;
Et moi qu'elle aimait tant, de sa modeste pierre
J'ai fui le gazon délaissé.

Et si j'ai refusé de prier pour son âme,
Au nom de ce qu'elle a souffert,
O prêtres, pour moi seul entretenez la flamme
De votre ridicule enfer!

Un Dieu juste m'a dit où séjournait son ombre
Lorsque mes regards soucieux
En silence admiraient ces astres dont le nombre
Tapisse la voûte des cieux.

A l'heure où du trépas sur les cités du monde
Plane le linceul apparent,
On la voit toujours seule et toujours vagabonde
Errer dans l'espace en pleurant.

Puisque je suis toujours ta suprême espérance,
Sèche tes pleurs, être divin!
De mon cœur repentant j'atteste la souffrance
Que tu ne m'attends pas en vain!

Quand de ma liberté l'heure sera venue,
Tous les deux nous donnant la main,
Nous nous envolerons vers la sphère inconnue
Où l'amour n'a plus rien d'humain.

XII
SOUFFRANCE D'AMOUR.

Pourquoi l'amour dont je t'aime,
Dont je t'aimerai toujours,
Comme un sinistre anathème,
Plane-t-il sur mes beaux jours?
Mon amour, fatal mystère,
Est un volcan sans cratère
Que tes pas foulent en paix,
Et dont le bouillant bitume,
De mon âme qu'il consume,
Ne déborder jamais.

Quand vient l'heure où tu sommeilles,
Dans mon rêve, heureux vainqueur,
Je vois tes lèvres vermeilles
Exhaler ton tendre cœur;
Et mon âme vagabonde,
A travers la nuit profonde,

Prenant ses joyeux ébats,
Près de ta couche approchée,
A ton oreille penchée,
Fait un doux aveu tout bas.

❖

Ah ! Si dans ma main fiévreuse
Laissant retomber ta main,
A ma flamme douloureuse
Tu répondais par l'hymen !
Et si rehaussant l'aurore
De ton front qu'elle décore,
La chaste fleur d'oranger,
Pour couronner mon ivresse,
Sous ta chaîne enchanteresse,
Venait un jour me ranger !

❖

Aux tristes jours où l'orage
Sur ma tête gronderait,
Ton sein rose à mon courage
De refuge servirait :
Et sous tes doigts que j'adore,
Devenu plus tendre encore,
Un tendre et même oreiller
Verrait ta tête si belle
Recevoir à côté d'elle
Ma tête pour sommeiller.

❖

Hélas, mon seuil solitaire
N'attirera point ses pas,
Pourquoi rêver sur la terre
Un ciel qui n'existe pas !

Pourquoi... mais mon œil se mouille;
Quelle injuste et sombre rouille
Vient s'abattre sur ma foi?
Seigneur, toi qui vois mes larmes,
Peux-tu souffrir ces alarmes
D'un cœur soumis à ta loi?

❖

Contre le sort qui l'accable
Que parfois un malheureux
En sa douleur excusable,
Profère un blasphème affreux,
Sur quelques jours de souffrance,
Moi qui fonde l'espérance
D'un immuable bonheur,
En ses fins toujours parfaite,
Que ta volonté soit faite,
Et non la mienne, Seigneur!

XIII

LA BELLADONE.

Parmi les verges d'or, au bord d'une forêt,
Lorsque la belladone à nos yeux apparaît,
Nous savons que sa baie, aux merises semblable,
Recèle dans sa chair un poison redoutable,
Et nous passons notre chemin.
Quand par malheur sous notre main
Vient à tomber un mauvais livre,
Du funeste poison qu'il cache dans son sein
Pourquoi permettons-nous que notre esprit s'enivre?

XIV

UNE VOIX DANS LE DÉSERT.

Eh bien! soit, Dieu n'existe pas!
Dans une vaste plaine où règne le silence
Un homme lentement s'avance;
Vers un sable brûlant qui cède sous ses pas,
Il incline son front que la tristesse accable,
Et pour se reposer, son regard soucieux
N'a que l'immensité du sable
Qu'entoure à l'horizon l'immensité des cieux.

Haletant, épuisé, l'infortuné s'arrête,
En vain au désespoir il veut se dérober;
Sur le sol dévorant il se laisse tomber,
Et dans ses bras qu'il croise il se cache la tête.
L'horreur d'un imminent trépas,
La lune qui sur lui darde un rayon paisible,
Le désert déployant sa majesté terrible,
Le font penser à Dieu; mais Dieu n'existe pas!

Grain de sable perdu dans la mouvante arène
Des générations de notre race humaine,
Un jour il est sorti d'un néant inconnu,
Il y va retourner, puis il aura vécu.
Que fut pour lui la vie? Une longue souffrance.
A l'heure où des méchants la haine l'accablait,
Dans le fond de son cœur une voix lui parlait;
C'était la voix de Dieu, la voix de l'espérance:
Elle disait: « Travaille au bien du genre humain;
Sers le peuple aujourd'hui; sers le peuple demain. »

Et lui, digne rival de ces cœurs qu'illumine
La sublime vertu de l'abnégation,
Homme, il obéissait à cette voix divine
Qui n'était qu'une illusion !

Mais de son esclavage, il touche enfin le terme;
D'un corps où Dieu lui fit l'honneur de l'exiler,
De ce cachot de boue où l'épreuve l'enferme,
Son âme est délivrée, elle va s'envoler.
Il ne douta jamais qu'elle fut immortelle;
Des terrestres bonheurs que lui font les appas ?
C'est Dieu qui le créa; c'est Dieu qui le rappelle;
Et Dieu n'existe pas !

C'est lui, le misérable entre les misérables,
Dont les maximes admirables,
A travers tous les temps iront du malheureux
Adoucir le sort rigoureux.
C'est lui chétif dont le génie
A résolu les problèmes divers,
Et découvert les lois, qui de notre univers
Régissent la belle harmonie.
Cet être qui n'est rien, et qui de rien sortit
A mesuré les distances profondes
Qui séparent tant d'autres mondes
Si grands du nôtre si petit !

Alors de sa raison subissant l'exigence :
« Ce monde dont je suis acteur et spectateur,
Ce monde, disait-il, exige un créateur
Qui soit doué d'intelligence. »
Vain mensonge qu'absout notre lâche indulgence !

Ce créateur n'était qu'une création
De son imagination !

※

L'esprit qui régit la matière
Un jour par lui fut deviné;
Et maintenant son rôle est terminé;
Poussière, il va redevenir poussière.

※

Ah ! pourquoi cet homme est-il né ?
Est-ce qu'il demandait à naître ?
Et pourquoi meurt-il aujourd'hui ?
Et pour apprendre à se connaître
Pourquoi n'a-t-il reçu d'autre maitre que lui ?
Pourquoi tous ces espoirs de voluptés futures
Devaient-ils aboutir à des déceptions ?
D'où venaient ces convictions
D'un créateur clément envers ses créatures ?

※

La confiance en Dieu n'est qu'un sarcasme amer,
Et sa justice souveraine
Est l'image de la syrène,
Qui dans les profondeurs des gouffres de la mer,
Par l'illusoire appas des plus douces ivresses,
Plonge le nautonier sensible à ses caresses.

※

Ce qui du moins n'est pas un espoir incertain,
C'est que la mort bientôt va finir son destin;
C'est que sa volonté, mystérieuse essence,
Dépouillée à jamais de sa noble puissance,
Va retourner dans l'abîme béant
Que l'on appelle le néant.

Ce qui du moins n'est pas une fiction vaine,
C'est que dans le chaos d'une époque lointaine,
Pour lui comme pour nous, dans un profond oubli,
Le sentiment d'un Dieu restait enseveli;
C'est que d'autres humains, semblables à lui-même,
N'auraient pu respirer sur notre globe en feu.
Ce qui du moins n'est pas un éternel problème,
C'est qu'il n'existe point de Dieu !

XV.

AFFLICTION.

EDM.

Des injustes humains l'égoïsme m'accable;
Et je ne l'ai point mérité;
D'un Dieu juste et clément, est-ce la volonté ?
Etre chétif et misérable,
Le Dieu qui m'a créé s'occupe-t-il de moi ?

EPICTÈTE.

Insensé, que dis-tu ? Lorsque pleuvaient sur toi
Les caresses de la fortune,
Dieu n'était dans ton âme, entière à son bonheur
Qu'une pensée inopportune.
Ingrat, pourquoi ton Créateur
De ton âme aujourd'hui, par la douleur brisée
Semble-t-il occuper à lui seul la pensée ?

EDM.

Hélas, c'est que je souffre, et je suis innocent !
Si Dieu de la douce espérance
Ne versait dans mon cœur le baume tout puissant,
Que voudrait dire ma souffrance ?

XVI

AFFLICTION.

EDM.

Mon Dieu je suis en butte à l'injustice humaine,
Et c'est vous que j'implore, et ma prière est vaine !
Vous êtes-vous, mon Dieu, retiré loin de moi ?

DIEU.

Non, mon fils, je suis près de toi;
Mon regard t'accompagne, et j'entends ta prière.
Mais du mal qui te désespère
N'accuse pas un être humain.
C'est moi qui sur ta tête appesantis ma main;
Et si tu veux punir le méchant qui t'accable,
Frappe ton Dieu; car lui seul est coupable.

EDM.

Je suis, ô Dieu trop bon, le plus grand des ingrats;
Ayez pitié de moi, ne m'abandonnez pas !
Loin de vous je me sens débile et misérable;
Votre estime est mon seul désir;
Par quel moyen pourrai-je, ô mon Dieu, l'obtenir ?

DIEU.

Implore-moi, mon fils, au fort de ta souffrance;
Car je suis la justice, et je suis l'espérance.
D'un passé fugitif les orages affreux
Ont fait place en ton cœur à de nouveaux orages.
Mais en ton cœur, mon fils, à ces jours douloureux,
Succèderont bientôt de beaux jours sans nuages.

XVII

AFFLICTION.

(Guerre de 1870.)

EDM.

En ces jours où la paix, que notre cœur implore,
Dans nos tristes foyers ne trouve plus d'abri;
Où dans le présent assombri
L'avenir devant nous s'ouvre plus sombre encore,
Je porte envie à l'hôte indifférent
De cette misérable bière,
Qu'un cortège funèbre accompagne en pleurant
Jusqu'à sa demeure dernière.
Je songe qu'à jamais cet homme en expirant
A clos pour lui les maux dont le sort nous accable,
Et son repos éveille, en mon cœur attristé,
Une convoitise coupable.

EPICTÈTE.

Mon fils, ta convoitise est une lâcheté.
Vouloir quitter ce monde avant l'heure suprême
Où Dieu doit dans son sein nous rappeler lui-même,
C'est refuser aux malheureux
Notre consolante assistance;
C'est oublier que Dieu nous donna l'existence
Pour en faire un usage utile et généreux;
C'est oublier que Dieu nous tira de l'abîme,
Pour que nous méritions en souffrant d'être heureux.

EDM.

J'ai déjà tant souffert !

EPICTÈTE.

Ame pusillanime !
T'imagines-tu donc que des maux disparus
Dans la nuit d'un passé qui ne reviendra plus,
Sont le prix suffisant du sublime héritage
Qui doit dans quelques jours devenir ton partage ?
Toi qui, s'il faut t'en croire, as tant souffert, pourquoi
Ceux qui, plus innocents, ont plus souffert que toi,
Qui souffrent, qui demain souffriront davantage,
Chantent-ils, en souffrant, la justice de Dieu ?
Et lorsque redouble l'orage,
O mon fils, pourquoi leur courage
Est-il comme un immense feu
Que la bise alimente et ne saurait éteindre ?
Imite leur exemple, et cesse de te plaindre !

XVIII

CONSOLATION.

Ah ! si c'est ici bas au cœur tendre et sensible
Que la médaille humaine offre un revers pénible,
C'est à lui seul aussi qu'elle offre ces moments
D'ineffables transports, de doux ravissements
Que nous procure Dieu, lorsque d'un misérable
Nous avons adouci le mal intolérable.
Pendant que les méchants s'acharnent contre nous,
Et que notre tristesse est le fruit de leurs coups,
Tel qui de nos bienfaits a reçu l'assistance,
Et dont nous ignorons aujourd'hui l'existence,
Pense à nous qui pourtant ne pensons plus à lui.
D'un Dieu juste pour nous il invoque l'appui ,

Pendant qu'autour de nous se fait la solitude,
Lui, consolé, bénit notre sollicitude.
Pourquoi ses vœux, pour nous à Dieu même adressés,
De Dieu qui les entend seraient-ils repoussés ?
Nos soins ont de son cœur éloigné la souffrance ;
Ses vœux dans notre cœur appellent l'espérance.
La bénédiction de ce pauvre inconnu
Qui, pour nous qui pleurons, est un baume imprévu,
Irions-nous l'échanger contre le sort prospère
De ceux dont le courroux cause notre misère ?

XIX

CONSOLATION.

Lorsque l'iniquité cherche à nous renverser,
Nous voudrions pouvoir, hélas, n'y point penser,
Et notre âme à son sort vainement résignée,
Dans notre cœur brisé se soulève indignée !
Mais Dieu, qui mieux que nous connait nos intérêts,
Nous dit : « De ces méchants ne trouble point la paix.
Qu'est-ce-que l'avenir pour une âme qui souffre ?
Un abîme d'espoir où sa douleur s'engouffre.
Ici bas la vertu triomphe rarement.
Penses-tu que celui qui cause ton tourment,
Et dont s'abat sur toi la main toute-puissante
Soit plus heureux que toi sa victime innocente ?
Penses-tu qu'il soit sûr de retrouver demain
Le bonheur qu'en ce jour il presse dans sa main ?
L'insensé qui s'attache aux plaisirs de la terre
Dans cet attachement trouvera sa misère. »

7

XX

CONSOLATION.

Lorsque sous l'aiguillon d'une bonne pensée,
Nous voulons ébaucher une méthode aisée
Pour ne point gaspiller des loisirs précieux,
Et régler nos devoirs les plus minutieux,
Accordons une place à ces jours de tempêtes
Que Dieu tient, mes amis, suspendus sur nos têtes.
Parce que nous goûtons de paisibles instants
Ne nous flattons pas trop d'être heureux pour longtemps.
C'est lorsque tout à l'heure éclatera l'orage,
Et que nous sentirons faiblir notre courage,
Ah! c'est alors surtout, dans nos cœurs éprouvés,
Que nous aurons besoin de retrouver gravés
Ces préceptes divins, ces exemples sublimes,
Qui de l'iniquité consolent les victimes,
Et qui, dans tous les lieux, comme dans tous les temps,
Au malheur ont fourni des triomphes brillants.

XXI

RÊVERIE.

Ils ne sont plus les temps où d'atroces supplices
Du droit et de la force inspiraient les caprices;
Où, coupables ou non, nos grands-pères naïfs,
Pour la gloire de Dieu se voyaient brûlés vifs.

Pourtant si ces moyens d'une époque martyre
Aujourd'hui parmi nous reprenaient leur empire,
Pour en braver l'horreur notre âge abâtardi
Trouverait-il encore un homme assez hardi?
Zopyre, Régulus, cette foule inconnue,
Du Christ, malgré César, proclamant la venue,
Semblent tant reculer les bornes du devoir
Que mon cœur effaré ne peut les concevoir.
De ces grands dévouements disparus de la terre,
Qui d'entre vous pourra m'expliquer le mystère?
Ah! ne serait-ce pas que le courage humain,
Moribond aujourd'hui, se relevant demain,
En tous temps se maintient au niveau des misères
Que pour notre bonheur Dieu juge nécessaires?
Qu'au spectacle incessant de croix, de chevalets,
De cadavres hideux accrochés aux gibets,
De sinistres bûchers, de tortures infâmes,
L'insensibilité se glisse dans nos âmes
Et que par la terreur notre corps émoussé
Souffrira moins d'un mal dont il est menacé?

XXII

UNE BONNE PENSÉE.

Parfois je vois ma plume, à mes doigts suspendue,
Interroger en vain ma veine morfondue;
Une bonne pensée, un modeste quatrain,
A mon désir fiévreux apporteraient un frein;
Et rien ne surgit, rien. De ma triste impuissance
Pourquoi, fou que je suis, prolonger l'évidence?

Et pourquoi plus longtemps essayer de tenir
Une inspiration qui ne veut pas venir?
Sans livrer aux efforts d'un labeur inutile
Le temps qui dans nos mains doit être un champ fertile,
Dans le baume divin d'un livre sérieux,
Ne vaudrait-il pas mieux pour moi jeter les yeux;
Et dans l'heureux concours que cet ami me prête,
Apprendre obstinément trois choses qu'un poëte
Est tenu de savoir, avant de s'élancer,
Et que je sais si peu, lire, écrire et penser?

XXIII

LES TROIS ENNEMIS.

Trois mortels ennemis me déclarent la guerre :
Un soldat. — De ses coups tu ne souffriras guère.
— Une femme. — Tes yeux verseront bien des pleurs.
— Un prêtre. — Avec tes jours finiront tes malheurs.

XXIV

LE ROI S'AMUSE.

(Guerre de 1870).

De ton pieux caprice, ô roi victorieux,
Guillaume, veux-tu voir un des fruits glorieux?
Dans son lit solitaire, une blonde saxonne
Aux charmes du repos vainement s'abandonne.

L'heure a sonné minuit, mais un sombre réveil
De sa paupière humide a chassé le sommeil.
Elle est seule; elle pleure. Au dehors la tempête
Gronde sans effrayer son oreille distraite.
Sur ta tête l'orage, ô femme, est suspendu;
Le vent qui l'apporta, d'où vient-il, le sais-tu?
Il vient de l'occident? ce vent vient de la France;
Du pays qui retient ta plus chère espérance;
Du pays dont Guillaume ordonne le trépas,
Qui ne veut pas mourir, et qui ne mourra pas.
Et ce vent qui mugit, s'il avait la parole,
Il t'apprendrait combien ton espoir est frivole,
O femme infortunée; il dirait que l'époux,
Dont tu vois le retour dans des rêves si doux,
N'est plus; et qu'à cette heure, où tu l'attends encore,
Son cadavre glacé que le corbeau dévore,
Sur un sol étranger, loin de toi qui l'aimais,
Va, martyr inconnu, reposer à jamais.

XXV

LE DERNIER CHANT DU SERIN.

Ultima verborum.

(Mars 1871).

Napoléon trois, l'homme à la vieille guitare,
Chantait ainsi : « La France ose me délaisser;
Eh bien ! je vais au nez lui jeter mon cigare,
Afin de lui racler ma façon de penser.

Devant le noble effort des âmes relevées,
Je croiserai les bras, indigné, mais serin;
O risible mépris des lâchetés lavées,
Sois de ma serinette un éternel refrain!

Tant que vivra chez toi la liberté maudite,
Paris, de mon amour, toi qui connais l'excès,
Je n'habillerai plus ta belle Marguerite,
Tombeau de ma vigueur, et nid de mes abcès.

Plutôt que de revoir Hugo qui me bafoue,
Je planterai des choux avec les Prussiens;
Je resterai proscrit, pour rester dans la boue;
Et si Bismark le veut je soignerai ses chiens.

Des mollets de Margot je fais le sacrifice,
Sans demander à Deutz, mouchard que j'entretiens;
Si Lebœuf va chez Thiers reprendre du service;
Si Rouher va lécher d'autres pieds que les miens.

Et de tant de Français, qui ne trouvaient pas drôle
D'aller dire aux hulans : Les francs-tireurs sont là;
S'il n'en reste plus qu'un pour jouer ce beau rôle,
Ce sera moi, moi seul; j'étais né pour cela. »

Ainsi chanta celui qui fit le Deux Décembre.
Puis en songeant que Thiers, sans massacrer Baudin,
Se faisait respecter, et respectait la Chambre,
Il se croisait les bras, indigné, mais serin.

LIVRE QUATRIÈME.

I

BOUTADE.

Je chérissais Paris, et surtout le théâtre,
Dont j'étais, pauvre diable, un claqueur idolâtre,
Et la fatalité me donne pour séjour,
Au fond de la province, un misérable bourg.
J'avais rêvé qu'un jour ma plume téméraire
M'obtiendrait une place au soleil littéraire,
Et mes vingt manuscrits que personne n'a lus,
Au fond de mon grenier, moisissent vermoulus.
A travers les coteaux, les bois et les prairies,
J'aimais à promener mes douces rêveries,
Et je suis nuit et jour, obscur pharmacien,
A mon logis cloué, comme à sa chaîne un chien.
J'aurais aimé, cédant à mon goût poétique,
Ne faire que des vers; et dans une boutique,
Je pèse gravement, du matin jusqu'au soir,
Pour un sou de chiendent, ou deux sous de jus noir.
J'aimais l'indépendance et mon humeur sauvage
Des frivoles propos dédaignait l'esclavage ;

Et je suis assailli de clients importuns,
Qui me montrent leur langue, et dont les lieux communs
Sur le beau temps, la pluie et les pommes de terre,
Distillent sur ma muse un pavot délétère.
Ah! si comme Chénier, sur mon front soucieux,
Je donne un coup de poingt qui n'est pas dangereux,
Cette conviction dans mon âme est profonde
Que le bonheur n'a point de refuge en ce monde;
Que l'espoir qui s'élève au-delà du trépas
Est le seul que le ciel ne renversera pas;
Que la célébrité, telle que je la rêve,
A mon mal n'eut offert qu'une illusoire trève;
Qu'elle ne vaudrait pas le secours généreux
Qu'attend de notre amour un frère malheureux;
Et pour que cet amour chez moi se manifeste,
Je n'ai qu'à le vouloir, que m'importe le reste?

II

LE RUISSEAU ET LE TORRENT.

(Septembre 1870.)

D'un humble et paisible ruisseau
Le torrent méprisait le mince filet d'eau;
Aux premiers rayons de l'aurore,
Il était disparu; le ruisseau coule encore.

Sur notre liberté, c'est ainsi que l'empire
A mis pendant vingt ans ses griffes de vampire;
Du vampire aujourd'hui le trône est culbuté,
Et tu planes sur nous, ô sainte liberté!

III

LE LOUP ET LE LION.

La raison du plus fort est toujours détestable;
Nous l'allons à l'instant prouver par cette fable.

Après qu'il eut mangé l'agneau,
Le loup revint boire au ruisseau :
« De quel droit troubles-tu mon onde transparente ? »
Dit d'une voix peu rassurante
Un lion que le loup ne venait pas chercher.
L'assassin lui répond : « Sire, sans vous fâcher,
Veuillez considérer que je me désaltère
A plus de trente pas de votre majesté,
Et que par conséquent si l'onde n'est pas claire,
C'est qu'un autre avant nous a troublé sa clarté. »
— « Je te dis que c'est toi, toi seul qui l'as troublée!
Et pourquoi dans une assemblée
As-tu dis que j'étais un détestable roi? »
— « Ne croyez pas cela, sire. — Si ce n'est toi,
C'est donc ton fils, ton père, ou ta mère, ou ton frère?
— Mon fils? je ne sais pas si j'en ai jamais eu;
Depuis plus de dix ans mon frère est disparu;
Et voilà bien vingt ans que je n'ai vu ma mère,
Qui ne m'a jamais dit un seul mot de mon père.
— Tant pis; chacun des siens est toujours solidaire;
Vive la solidarité!
Tu vas pour une majesté
Peut-être me trouver un peu socialiste;
Erreur, je suis bonapartiste.

Pour le prouver, j'ai faim, et je suis le plus fort,
Je vais te dévorer, et toi seul auras tort.
— A votre loyauté, sire, je me confie.
— La loyauté d'un roi, quelle plaisanterie!
— Pourtant, sire, quel mal vous ai-je fait? — Quel mal
T'avait fait le pauvre animal
Dont le sang fume encore, implorant ma vengeance? »
Le loup baissa le nez et garda le silence.

Lorsque, dans les loisirs de sa captivité,
Le prisonnier de Saint-Hélène,
S'indigne bruyamment de la moralité
De la fable de Lafontaine.
Je voudrais bien savoir, lorsqu'il s'indigne ainsi,
Si c'est nous qu'il trompe, ou bien lui?

IV

LA CLOCHE ET LE MARTEAU.

Des services nombreux qu'elle rend ici-bas,
La cloche se vantait et n'en finissait pas :
« Ma sœur, dit le marteau, fatigué de l'entendre,
Si je ne te battais, je voudrais bien savoir
Quel service tu pourrais rendre? »

C'est ainsi que l'on voit, véritable rasoir,
La plus belle moitié du genre humain prétendre....
Mais j'aperçois ma femme; ami lecteur, bonsoir.

V

LA RIME IMPOSSIBLE.

Ma muse un jour cherchait une rime à *triomphe;*
Un moustique soudain sur le nez la piqua;
Un auvergnat lui dit : fouchtra ! ton nez se *gonfe !*
Ma muse fit un bond, en criant : Eurêka !

Cherchez, vous trouverez : j'en crois l'Evangéliste,
Sauf pour l'honnêteté chez un bonapartiste.

VI

L'ENFANT MAL ÉLEVÉ.

Charles, saluez donc ce bon vieillard qui passe;
Disait à son élève un sage précepteur ;
Mais Charles, par une grimace,
Témoignant son dédain et sa mauvaise humeur :
Qui? moi, dit-il, que je salue
Un homme en blouse! un ouvrier!
Pour qui me prenez-vous? Sachez que dans la rue
Les messieurs sont les seuls que je peux saluer
Sans m'abaisser. Ainsi me l'ordonne ma mère,
Qui dit que les messieurs portent des paletots;
Tandis qu'un ouvrier, un homme du vulgaire
N'a que sa blouse sur le dos.

VII

BUFFON ET LE CHEVAL.

On sait que Buffon dit, en parlant du cheval :
Ce fier et fougueux animal,
La plus noble conquête
Que l'homme ait jamais faite....
Et cœtera. Mais ce qu'on ne sait pas,
C'est qu'un jour le cheval du grand naturaliste
Se démit une cuisse, en faisant un faux pas.
Il jeta sur son maître un regard doux et triste,
Et lui tint ce discours : « Cher maître, je sens bien
Que je ne vais pouvoir vous être utile à rien,
Mais de vos serviteurs j'étais le plus fidèle;
Maintenant je suis vieux, peu couteux à nourrir;
Ne pourrai-je obtenir, pour prix de mon long zèle,
Que de ma belle mort vous me laissiez mourir?
Le savant attendri, sur sa joue immortelle,
Essuya sans mot dire un pleur;
Et fit une heure après venir l'équarrisseur.

O vous, géants de la littérature,
Dans vos écrits classiques et charmants,
Vous étalez une morale pure,
Un noble cœur, et de beaux sentiments.
Très volontiers je vous en félicite;
Mais ce serait plus volontiers encor,
Si vos discours, avec votre conduite,
N'étaient parfois en complet désaccord.

VIII

LE ROITELET ET LE TÉLÉGRAPHE.

Un roitelet jeune et volage
Sur un fil électrique un jour était perché;
Le ciel retentissait de son joyeux ramage,
Et d'un trône si beau rien ne l'eût arraché.
Quand d'une aile rapide accourt vers lui sa mère :
« Eloigne-toi bien vite, ô jeune téméraire;
Ce support gracieux cache une affreuse mort;
Va-t-en bien vite, ou crains le plus funeste sort! »
Le jeune oiseau se mit à rire :
« Ma mère, calmez-vous; ce gracieux support
Ne cache point du tout ce que vous voulez dire;
Je m'y sens bien; j'y reste; et loin d'être effrayé
Du sort que votre amour se plaît à me prédire,
Je m'en moque. » A ces mots, il tombe foudroyé.

O vous, qui ne prêtez à la voix maternelle
Qu'une oreille souvent rebelle;
Chers enfants, qui croyez avoir toujours raison,
Comment trouvez-vous la leçon ?

IX

LE MOUTON ET LES BOUCS.

Un jour parmi des boucs un mouton s'adonna ·
Quand chez les siens il retourna,

Il empestait le bouc une lieue à la ronde
Et faisait sauver tout le monde.

O vos, qui cum Jesu itis,
Non ite cum Jesuitis,
Sous peine d'en garder l'odeur nauséabonde.

X

LE POÈTE CONTEMPORAIN.

Patrouillard, fabricant de café-chicorée,
Un soir sur Pégase monta,
Et Pindare nouveau, d'une voix inspirée,
Bien qu'enrouée, ainsi chanta :

O ma patrie,
France chérie,
Sois mes amours,
Toujours !

Enflamme tes enfants de gloire ;
Conduis-les tous à la victoire ;
O France, de nobles lauriers,
Couvre le front de tes guerriers !
O ma patrie.
France chérie,
Sois mes amours,
Toujours.

France, puisqu'un noble délire
Vient faire résonner ma lyre,
Que tes fils, à mes doux accords,
Donnent carrière à leurs transports !

O ma patrie!
France chérie,
Sois mes amours,
Toujours!

Quelle nouvelle ardeur m'enflamme?
Quel transport agite mon âme?
Sur mon noble luth, ô Français,
Je veux célébrer vos succès!
O ma patrie,
France chérie,
Sois mes amours,
Toujours!

Après ces trois couplets, qu'eut enviés Corneille,
De Dindonnopolis l'honneur et la merveille,
Sur son front ruisselant promena son foulard,
Et partit se coucher. Et pendant qu'il sommeille,
Sa lèvre s'ouvre encor, murmurant à l'oreille
De sa chère moitié, madame Patrouillard :
O ma patrie,
France chérie,
Sois mes amours,
Toujours!.

C'est la Saint-Patrouillard, un jour de grande fête!
Patrouillard, le divin poëte,
Réunit à sa table un grand nombre d'amis.
Au milieu du dessert, le maître du logis
Se lève de son siége, et d'un ton d'importance,
Des convives surpris réclamant le silence
Il tire de sa poche un précieux chiffon,
Et s'écrie, au milieu d'un silence profond :

O ma patrie,
France chérie,
Sois mes amours,
Toujours!

Enflamme tes enfants de gloire;
Conduits-les tous à la victoire;
O France, de nobles lauriers,
Couvre le front de tes guerriers!
O ma patrie,
France chérie,
Sois mes amours,
Toujours!

France, puisqu'un noble délire
Vient faire résonner ma lyre,
Que tes fils à mes doux accords,
Donnent carrière à leurs transports!
O ma patrie,
France chérie,
Sois mes amours,
Toujours!

Qu'elle nouvelle ardeur m'enflamme?
Quel transport agite mon âme?
Sur mon noble luth, ô Français,
Je veux célébrer vos succès!
O ma patrie,
France chérie,
Sois mes amours,
Toujours!

Ainsi lut Patrouillard ; des bravos unanimes
De la salle à manger ébranlent le plafond :
Savez-vous, Patrouillard que vos vers sont sublimes ?
— Quant à moi, ce qui me confond,
C'est la richesse de ses rimes !
— Et puis, comme en son genre il est original !
— Patrouillard, il les faut envoyer au journal.
— Madame Patrouillard, vous devez être fière
D'un tel époux ? — Pas déjà tant ;
Figurez-vous, messieurs, quand son démon le prend,
Qu'il ne m'est pas permis de fermer la paupière ;
De strophes et de vers, sitôt qu'il est couché,
Mon mari me poursuit, durant la nuit entière,
Avec des coups de pied par dessus le marché,
Ce qui fait que je ne dors guère.
— Messieurs, dit le grand Patrouillard,
De tous vos compliments je prends ma juste part ;
Ma romance, en effet, en son genre est unique ;
Mon bon ami Godiche en fera la musique.

Trois semaines après, d'un luthier-éditeur
Le brillant étalage offrait une primeur ;
Sur la couverture très-riche,
En caractères gros et moulés avec art,
Ces mots des curieux imploraient le regard :

MUSIQUE DE GASTON GODICHE,
PAROLES D'ARTHUR PATROUILLARD.
INVOCATION A LA FRANCE,
ROMANCE.

Dans nos dîners, dans nos salons,
Nous n'en voyons que trop de ces beaux Apollons,
Qui, pour argent comptant, prennent, les imbéciles,
Les compliments forcés que nous leur accordons.
Ah! sur leurs lauriers trop faciles,
C'est à dire sur leurs chardons,
Quand donc n'aurai-je plus de si fortes raisons
De les laisser dormir tranquilles?

XI

LE HÉROS DANS LA LUNE.

Un mortel récemment débarqué dans la lune,
Par la soif était tourmenté;
On sait que l'eau n'est pas commune
Sur ce globe déshérité :
Qui donc es-tu? lui dit un obscur prolétaire.
— Je suis Napoléon. — Quoi, cet homme fameux!
Ah! combien je serais heureux,
Si j'étais comme toi célèbre sur la terre!
— Te moques-tu? répond le héros irrité,
Au lieu de me parler de ma célébrité,
Tu ferais beaucoup mieux de m'apporter à boire.
Si de vaines faveurs flattent si fort ton goût,
Quand tu voudras, mon nom, mon génie et ma gloire,
Pour un seul verre d'eau, je te donnerai tout.

XII

L'ANE.

Un âne bénissait la profonde ignorance
Où l'avaient laissé ses parents.
Nous n'en voyons que trop, de ces ânes en France,
Qui sont heureux d'être ignorants.

XIII

LE BOUCHER.

Un boucher faillit perdre un jour sa clientèle;
A chaque instant c'était une plainte nouvelle
Pour certains vers dont abondait
La marchandise qu'il vendait.
Il alla consulter un savant honorable,
Qui lui dit qu'il était probable
Que ces vers provenaient d'un insecte *musca*,
De l'espèce *Domestica*.
Puis, en homme qui sait le prix de la science,
Il exigea vingt francs de consultation.
Le boucher les paya sans observation;
Mais, n'ayant pas de confiance
Dans ce pédant, ce cuistre avec ses mots latins,
Il conta son affaire à l'un de ses voisins,
Savetier. Aussitôt celui-ci lui demande
Dans quel papier il livre sa viande?

— Dans de vieux numéros du journal l'*Univers*,
Que j'achète pour rien, exprès pour cet usage.
— Ne cherchez donc pas davantage,
Ce journal-là suffit pour engendrer des vers.

Il n'avait fait aucune étude,
L'ouvrier qui parlait ainsi.
Le boucher, dans sa gratitude,
Ne voulut point partir sans lui dire merci.

XIV

L'ANGUILLE ET L'EPERLAN.

Dans un aquarium se trouvaient réunis
L'anguille et l'éperlan. L'anguille dit : Mon frère,
Vous ne vous doutez pas combien je me sens fière
D'habiter un si beau logis !
L'éperlan répondit : Ma sœur, je veux vous croire,
Puisque vous le dites; pour moi,
Quand ce logis serait la demeure d'un roi,
Je lui préférerais mon fleuve de la Loire;
Car c'est mon cher pays, mes premières amours,
C'est mon regret de tous les jours;
C'est, en un mot, mon pays natatoire.
— Votre pays natal ? — Non, je maintiens le mot;
Je sais ce que je dis, et ne suis pas un sot.
Un membre de l'Académie
Peut en parlant du lieu qui lui donna la vie,
L'appeler son pays natal;
Il n'est pas éperlan; je n'y vois pas grand mal.

Mais pour celui qui nage, et qui dès sa naissance
Eut toujours l'eau pour élément,
En parlant de pays, *natatoire* est, je pense,
Un mot qui sied parfaitement.

XV

LES DEUX OBJETS.

Retire-toi de ma présence,
O grossier instrument de plomb!
Vil objet dont la bienséance
Défend de prononcer le ridicule nom!
Te risquer près de moi, quelle est ton insolence!
Ignores-tu que d'un héros
Je suis le compagnon fidèle?
Que je suis à la fois gardien de son repos,
Et le plus sûr soutien de sa gloire immortelle?
Que j'amène souvent dans un drame couru
Le passage le plus ému?
Te voit-on comme moi, dans les vers de Racine,
Armer d'une fière héroïne
Le beau bras, le joli bras nu?
Et sais-tu qu'on pourrait former une montagne
Des œuvres où je joue un rôle, prose, vers,
Romances d'Italie, et romances d'Espagne,
Grands opéras, romans divers,
Sans oublier *celui qui du sang de son maître*
S'est souillé lâchement; il en rougit le traître!
Pour les collégiens c'est le plus important,
Et si je le passais par malheur sous silence,
Plus d'un ne serait pas content.

J'ai dit : et maintenant, toi dont la bienséance
Défend de prononcer le ridicule nom,
O grossier instrument de plomb,
Retire-toi de ma présence ! »
Ce langage plein de hauteur,
Un objet le tenait un jour à l'ustensile,
Grossier si vous voulez, mais pas moins très utile,
Pour moi, pour toi, mon cher lecteur;
Et surtout, je le dis sans ombre de malice,
Très utile pour toi, ma charmante lectrice !
Le grossier instrument de plomb,
Vil objet dont la bienséance
Défend de prononcer le ridicule nom,
Répondit avec calme : Ami, ton arrogance
Excite ma pitié, plus qu'elle ne m'offense.
Les héros, comme les brigands,
Ont en toi je l'avoue, un compagnon fidèle.
Des innombrables arguments
Qui prouvent aux humains que leur vie est mortelle,
Je sais que tu n'es pas un des moins éloquents.
Mais tout héros qu'il est, le héros dont, en somme,
Tu n'es que le valet, n'en est pas moins un homme;
Et quand tu le vois, homme, implorer mon appui,
De quel droit te plaît-il d'être plus fier que lui ?
Avant de nous vanter les éclairs de ta flamme,
Essuie au moins le sang qui la souille et l'entame.
Dans un drame médiocre, un plus médiocre auteur
En toi trouve un moyen facile
D'attendrir jusqu'aux pleurs un parterre imbécile;
Mais pendant que le spectateur
Pleure ou baille avec toi, je n'ai, moi, qu'à paraître,
Aussitôt dans la salle éclate avec fureur
Le rire universel que mon aspect fait naître.

Les héros de Racine, en leur jargon poli,
Ont beau me reléguer dans un profond oubli,
Je sais réduire à sa juste importance.
Cette superbe indifférence;
Et pour rendre la vie à ses pâles atours,
Quand Phèdre de mon bras emprunte le secours,
J'arrache un long soupir de son sein qui s'agite,
Et je la fais penser à son cher Hippolyte.
Enfin faut-il te dire encor
Que rival préféré d'un insecte exécrable,
J'ai rendu mille amants envieux de mon sort.
Que c'est souvent à moi qu'une femme adorable
Doit sa fraîcheur incomparable,
Et de ses doux appas le globuleux essor,
Et le réveil ardent d'un désir qui s'endort,
Sans parler d'autre chose; et qu'à celui qu'elle aime
Elle ne saurait donner plus
Qu'elle ne me donne à moi-même
Pour prix de mes soins assidus;
Que toujours elle me reserve
Une place discrète en son boudoir coquet;
Berf tout le genre humain m'aime autant qu'il te hait,
Car tu détruis la vie, et moi je la conserve.

XVI

LOUIS VEUILLOT ET LE LION.

Un jour Louis Veuillot, dans un lieu solitaire,
Fit la rencontre d'un lion.
Pour le coup le pieux garçon
Se crut à son heure dernière.

Le Lion, lui lançant un regard de dédain,
D'un pas majestueux poursuivit son chemin.
Et lorsque l'*Univers*, dont Veuillot est l'oracle,
Apprit à l'univers, qui le lit plus ou moins,
Cet incident qui n'eut que les cieux pour témoins,
Ses amis les cagots crièrent au miracle ;
Moi qui ne suis pas un cagot,
Je dis qu'il eut fallu que la bête royale
Eut une fameuse fringale,
Pour s'enfoncer les dents dans la peau de Veuillot.

XVII

L'IVROGNE ET JEAN JOURNET.

Au philosophe Jean Journet,
Un ouvrier offrait un verre d'eau-de-vie,
Et comme d'un refus son offre était suivie,
En bon ivrogne il s'obstinait :
« J'approuve, mon cher Jean, dit-il, ta tempérance,
Mais une fois n'est pas coutume. » — « Evidemment,
Répond le sage en s'éloignant,
Mais c'est par une fois que coutume commence. »

XVIII

LE GENÊT, L'EGLANTINE ET LA CUSCUTE

Un genêt avait pour voisine
Une humble et suave églantine;

Il ne résista point à ses tendres appas;
Aux fleurs tout comme à nous, l'amour est nécessaire;
Dieu qui nous le permet, ne le leur défend pas;
Il l'aima; de ses feux lui fit l'aveu sincère,
Et par de légitimes nœuds
Elle mit le comble à ses vœux.
Tous les deux s'embrassant dans une même étreinte
Ne formèrent qu'un seul buisson.
Chaque fois qu'à son compagnon
La main d'un promeneur voulait porter atteinte,
L'Eglantine, montrant ses aiguillons nombreux,
Eloignait le malencontreux.
Et de sa compagne fidèle,
Quand le vent menaçait la corolle si frêle,
Le genêt aussitôt l'abritait avec soin,
Et le péril fuyait bien loin.
Ah! pourquoi l'astre délectable,
Par nous autres humains nommé lune de miel,
Comme sa pâle sœur qui plane dans le ciel,
Projette-t-il sur nous un éclat si peu stable?
D'une ivresse trop belle, hélas!
L'époux de l'églantine osa se trouver las,
Et délaissant un jour son épouse attristée,
Appela près de lui la cuscute effrontée.
La syrène en ses bras l'étreignit tellement,
Et lui suça la sève avec tant de furie,
Que sa racine en fut tarie,
Et qu'il mourut d'épuisement.

C'est à toi que je pense, époux lâche et parjure,
Qui d'une épouse chaste et pure,

Dédaignant la fidélité,
La vertu, les soins, la tendresse,
Engloutis dans les bras d'une impure maîtresse,
Ton bien, ton repos, ta santé !

XIX

LA CIGALE ET LA FOURMI.

La fourmi qui se démène,
Qui trotte, trotte beaucoup,
Pour n'amasser rien du tout,
Quoiqu'en dise Lafontaine ;
La fourmi donc, un matin,
En travers de son chemin,
Aperçoit une araignée ;
Aussitôt l'infortunée,
Vers sa demeure s'enfuit ;
Mais la frayeur la conduit,
Par une route contraire ;
Et pour comble de misère,
Elle rencontre un ruisseau
Plein d'eau. Si je l'emplis d'eau,
Ne m'en faites pas un crime,
C'est seulement pour la rime.
La rime ressemble un peu
A la compagne fidèle,
Que m'impose un tendre nœud,
Quand j'obtiens seulement d'elle
Le quart de ce que je veux,
Je m'estime fort heureux.

Mais quel est ce chant si tendre,
Si tendre que le passant,
Dont il crève le tympan
Pairait pour ne pas l'entendre?
C'est la voix de la Patti,
Qui déguisée en cigale,
D'un plat de Donizetti,
Sur le gazon se régale.
La fourmi lui dit : Ma sœur,
Si, contre mon oppresseur,
Vous ne me prêtez main forte,
Je suis une fourmi morte!
La cigale, Dieu merci,
N'a pas l'âme rancuneuse;
Elle tend à la fourmi
Une patte généreuse;
Et sur son dos la portant,
Comme Anchise sur Enée,
Sous le nez de l'araignée,
Traverse l'onde en chantant.

Lafontaine de sa fable
Passe la moralité,
Imitons par ce côté
Le bonhomme inimitable.

XX

LE DÉPOT.

Un homme prévoyant, dans la rude saison,
Confia de la neige à madame Véron;

Elle lui rendit de la suie;
Il l'assigna pour duperie.
Lorsqu'à lever la main le juge l'invita,
De toute sa hauteur, elle se redressa
En levant une main si couverte de crasse
Que tous les spectateurs en firent la grimace.
Du coup le juge l'acquitta :
« Allez, dit-il, si blanc que soit ce qu'on dépose
Entre de telles mains, nous sommes convaincu
Qu'on ne pourra jamais vous voir rendre autre chose
Que ce que vous avez rendu. »

XXI

LE MELON, LA CITROUILLE, LES CORNICHONS ET L'ŒILLET.

Un auguste Melon, furieusement laid,
Dans un royal parterre au soleil étalait
Sa bedaine majestueuse;
Il s'intitulait tout au long
Monseigneur le duc du Melon.
Près de lui, la Citrouille, épouse vertueuse,
Brillait par son teint frais, jaune, vert et luisant
Comme le dos d'une grenouille;
Elle était à la fois, et princesse du sang,
Et comtesse de la Citrouille.
Puis l'on voyait ramper autour de leurs grandeurs,
De nobles cornichons de toutes les grosseurs,

Maint duc et maint marquis, maint comte et maint vicomte,
Chevaliers, vidames, barons,
Qui tous n'étaient, au bout du compte,
Que de vrais et purs cornichons.
Mais ce qui distinguait ces sujets du grand monde,
C'était leur nullité profonde;
Et le moindre d'entre eux, levant son front hautain,
Etait d'autant plus fier qu'il était plus crétin.
Un œillet odorant, perdu dans la verdure,
Faisait, au milieu d'eux, une triste figure.
Comme leur lourd feuillage, et leurs rameaux épais,
Formaient contre ses jours de sinistres projets,
Il voulut implorer le Melon, prince auguste
Qui passait pour avoir quelquefois le cœur juste.
Il s'avance en tremblant : les Cornichons surpris
Lui lancent des regards de haine et de mépris :
« Le coin sombre où j'étouffe, ô sire, m'est funeste!
Sous le grand ciel ouvert, aux rayons du soleil,
Daignez me donner, sire, une place modeste! »
— « Qu'est-ce? vit-on jamais, Messieurs, rien de pareil!
Un roturier d'Œillet, un mànant a l'audace
De vouloir au soleil, comme nous, prendre place!
De sa présence il ose infecter nos bosquets!
Holà! comtes, marquis, mes illustres laquais!
A moi, ducs et barons, ma noble valetaille!
Chassez-moi sans tarder cette vile canaille! »

XXII

BARAGNONADE.

Baragnon ! Baragnon ! Baragnon ! Baragnon !
Nom de plus de renom que les grands noms n'en ont !
Gloire à toi, Baragnon ! Baragnon à toi, gloire !
Victoire à ton honneur ! Honneur à ta victoire !
Au bruit prodigieux de l'éclat insolent
Du monstrueux succès de ton noble talent,
Ma muse, du sommeil, où, pavot délétère,
La plongeait mon utile et grave ministère,
Se réveille, et me corne un hymne solennel
En ton honneur, géant constitutionnel !
Muse, la plume à moi, mais à toi la parole !
Sur le papier glissant ma plume vole, vole ;
Et moi, qui n'avais pas, en mes moments heureux,
Trop d'un jour pour bacler quinze ou vingt vers véreux,
Si vous n'arrêtez pas ma fougue délirante,
Je vais, en moins d'une heure, en griffonner quarante !
Non, ne m'arrêtez pas ! Vos efforts superflus
Arrêteraient plutôt des coursiers éperdus,
Lorsque, sous l'aiguillon d'une fureur soudaine,
Dans leur course effrénée ils dévorent l'arène !
M'arrêter, insensés ! Vous ne savez donc pas
Que jamais Baragnon ne revient sur ses pas !
Que c'est lui qui me pousse, ou plutôt qui m'enlève !
Et qu'à travers l'espace, ainsi que dans un rêve,
Mon inspiration court, sombre tourbillon,
Que déchaîne en sifflant un horrible aquilon !

Vous ne savez donc pas que, dans mon esprit vide,
La sainte poésie était un sol aride,
Où je ne parvenais à creuser un sillon,
Qu'au prix d'un triste effort! mais tu vins, Baragnon!
Tu vins et dans mon cœur, surgit chevaleresque
De toute sa hauteur ma muse gigantesque!
Baragnon, si ton nom n'emplit pas l'univers,
Je prétends qu'à lui seul il remplisse mon vers!
Baragnon! Baragnon! Je ne suis pas Homère,
Et je célèbre Achille! O faiblesse! O ma mère!
Quoi, j'ose!... Baragnon! Baragnon! Baragnon!
Faut-il te chanter? Oui! Faut-il me taire? non!
Tu sauvas nos enfants; tu sauvas notre France!
C'est de toi que Bazaine attend sa délivrance!
Moi, je te dois ces vers, ces vers que pour Ruy-Blas,
Avec Victor Hugo je n'échangerais pas!
Ces vers, qui me vaudront, à travers tous les âges,
De l'univers entier, les immortels hommages!
Honneur, honneur, honneur, honneur, honneur à toi!
Qu'à jamais sacré soit ton sacré nom pour moi!
Oui, jusqu'à ce qu'enfin chaque Français le crie
Par dessus tous les toits de la France attendrie,
Je veux remplir les airs et mon vers de ton nom :
Baragnon! Baragnon! Baragnon! Baragnon!

XXIII

CONSERVATEURS ET RADICAUX.

Suis-je conservateur! Etes-vous radical?
Vous ne le savez pas plus que moi, je suppose.
Mais puisqu'il faut que le moindre animal
Soit homme ou femme, auvergnat, vers ou prose,

C'est-à-dire pour son malheur,
Radical ou conservateur;
Puisqu'il faut, en ce temps d'une crise suprême,
Que le plus obscur citoyen,
Qui s'imagine n'être rien,
Soit l'un ou l'autre, en dépit de lui-même;
Qu'est-ce qu'un radical, aux yeux d'un électeur?
Et qu'est-ce qu'un conservateur?
Moi qui ne le sais pas plus que toi, cher lecteur,
Obéissant à l'esprit qui m'inspire,
En six vers je vais te le dire.
J'appelle donc conservateur,
Un brave citoyen, qui veut, en homme sage,
La conservation de ses yeux affaiblis,
Et de conserves fait usage;
J'appelle radicaux ces citoyens maudits
Qui se nourrissent de radis.

XXIV

L'OIE ET L'ANE.

Le jour où se risquant, mon maître Lafontaine
Régala le public d'apologues charmants,
Il obtint lui, du moins, pour le prix de sa peine,
Un concert d'applaudissements.
Dans le monde lettré des basses-cours, une oie
Se distinguait surtout par sa bruyante joie;
L'âne s'en étonnait : Ane, mon bon ami,
Lui dit-elle, apprenez que j'ai fourni la plume
Dont le poëte s'est servi,
Pour écrire son beau volume.

XXV

EPILOGUE.

C'est fini; je retourne à mes médicaments,
Et ne veux plus faire de fables;
De ces pénibles passe-temps
Où sont d'ailleurs pour moi les profits véritables?
Vauvenargues l'a dit : les fables sont des jeux
Indignes d'un cœur sérieux.
Si je ne nourrissais la secrète espérance
Que mes vers, s'imposant à ton indifférence,
Te causeront, lecteur, autant d'amusement
Qu'il m'ont apporté de tourment,
Me serais-je avisé d'escalader la scène
Où trône Jean de Lafontaine?
Le bonhomme a beau dire, en son style alléchant,
Que la fable est un vaste champ,
Où d'autres après lui pourront glaner encore.
Sauf, avec Florian, un fabuliste ou deux,
Que sont-ils devenus, tous ces glaneurs nombreux
Que son appel a fait éclore?
Je crois que du haut de l'autel
Que s'élevait notre immortel,
Il narguait la foule crédule
Qu'attirerait un jour son appel ridicule.

Lamothe, un écrivain que personne ne lit,
Paria qu'il ferait cent fables et les fit.

J'en viens soumettre à ta censure
Une centaine aussi, lecteur;
Mais elles ne sont point le fruit d'une gageure;
Le fruit en sera-t-il meilleur?

❖

Quand on m'a demandé si j'étais romantiqne,
Ma foi, j'ai répondu que je n'en savais rien;
Et je ne mentais pas; mais ce que je sais bien,
C'est que j'ai toujours craint d'être soporifique.
Qu'importe que je sois romantique ou classique,
Dramatique, comique, érotique ou tragique,
Satyrique, lyrique, ou bien macaronique?
Pour moi, comme pour toi, le seul point important,
O lecteur, n'est-ce pas que je sois amusant?
Par exemple, que je m'avise,
Dans un poëme échevelé,
De prendre, hugolâtre zélé,
En guise de mouchoir, un pan de ma chemise;
Que je fasse rimer *Veuillot* avec *Maraud,*
Et traîte l'empereur de sinistre pierrot;
Que dans mes vers j'anéantisse l'hémistiche;
Que les enjambements y prennent leurs ébats;
Que j'appelle crapauds ceux qui ne trouvent pas
Que ma rime soit assez riche;
Que t'importe, lecteur, si malgré ces travers.
Tu trouves ton plaisir à dévorer mes vers?
Toute la question est là; si je t'amuse,
Cet esprit trivial, dont peut-être j'abuse,
Trouvera grâce près de toi,
Si je te fais bailler, alors malheur à moi!
D'un prosaïque endroit mes vers prenant la route
Mériteront, hélas! l'oubli que je redoute.

L'INAUGURATION D'UNE POMPE

PASTORALE DU BON VIEUX TEMPS.

La scène se passe à Saint-Melon-de-Crétinville, dans la salle à manger de M. le Maire.

LE MAIRE. — Approche, père Polycarpe; tu sais que c'est aujourd'hui que M. le préfet vient présider l'inauguration solennelle de notre pompe. En ta qualité de garde-champêtre, je te charge de veiller à ce que tout se passe avec ordre. La mère Polycarpe t'a-t-elle dégraissé ton uniforme?

LE GARDE. — Oui, monsieur le maire; elle y a usé pour dix sous d'armagnac.

LE MAIRE. — Ammoniaque, Polycarpe.

LE GARDE. — Vous verrez que je serons ficelé. A propos de l'ingurgitation solennelle....

LE MAIRE. — Inauguration, Polycarpe...

LE GARDE. — De notre pompe; j'ai une petite faveur à vous demander, monsieur le maire; mais je n'osons.

LE MAIRE. — Parle, Polycarpe.

LE GARDE. — Je vous serai obligé, monsieur le maire, si vous obteniez de M. le préfet qu'il me baille une poignée de main. Je ne mourrai pas content sans ça.

LE MAIRE. — Nous verrons. Va dire à mon maître d'école que j'ai besoin de lui parler. (*Le garde sort.*)

LE MAIRE *seul.* — Voyons ce qu'il y a de nouveau dans mon journal. C'est un journal plein d'esprit que ce *Courrier de Pontoise*; il pense tout comme moi. Voyons le bulletin politique : « La logique impitoyable et la foudroyante « éloquence de M. Rouher ont complètement réduit à « néant les piètres arguments de ce pauvre M. Thiers. » Parbleu, Thiers n'est qu'un ambitieux mécontent; il a beau se démener pour revenir sur l'eau, son temps est fini. C'est ce que me disait, du reste, un haut personnage, qui doit se connaître en politique, puisqu'il est notre député; je veux parler de M. Philémon Fourqué, un grand talent que j'estime beaucoup, sur la recommandation de M. le Préfet. Mais voici mon maître d'école.

LE MAIRE. — Eh bien! monsieur Durand, avez-vous terminé le discours que vous devez prononcer devant M. le préfet?

L'INSTITUTEUR. — Le voici, monsieur le maire.

LE MAIRE. — Est-il soigné?

L'INSTITUTEUR. — J'y ai passé trois nuits, malgré mon épouse, qui ne peut dormir sans moi. Voulez-vous que je vous le lise, monsieur le maire?

LE MAIRE. — Voyons.

L'INSTITUTEUR. — « Monsieur le préfet, en ce jour solen- « nel de l'inauguration de notre pompe, au nom de tous « les habitants de Saint-Melon-de-Crétinville, permettez « que je vienne déposer à vos pieds les sentiments du « dévouement.... »

LE GARDE *accourant et essouflé.* — Voilà M. le préfet! Dans cinq minutes, il sera ici. C'est Pichard, le cantonnier, qui l'a rencontré sur la route et qui est accouru me le dire!

LE MAIRE. — M. le préfet, déjà!... Il n'est que neuf heures!... C'est impossible!... Tu me bouleverses!...

LE GARDE. — Je vous dis qu'il arrive! Vous n'avez pas une minute à perdre. Moi, je cours bien vite endosser mon uniforme, et avertir les pompiers.

L'INSTITUTEUR. — Moi, je vole revêtir ma belle redingote noire.

LE MAIRE. — Ma femme!... ma femme!... Où peut-elle être!... Elle n'arrive pas : je suis en tricot de laine! Je vais perdre la tête!... Ma femme! ma femme!...

Mme LECERF. — Eh bien! quoi? me voilà! Qu'y a-t-il donc? Tu cries comme un sourd!

LE MAIRE. — Vite, mon écharpe! M. le préfet arrive.

Mme LECERF. — Que dis-tu? Il n'est que neuf heures.

LE MAIRE. — Il arrive, te dis-je! Donnes-tu mon écharpe?

Mme LECERF. — Voilà; mais je t'en prie, ne crie pas si fort.... Que fais-tu, malheureux? Vas-tu recevoir M. le préfet avec tes sabots et ton écharpe par-dessus ton tricot?

LE PRÉFET (*entrant brusquement*). — Pourquoi pas? Où est le mal? Mon bon monsieur Lecerf, comment allons-nous?

LE MAIRE. — Monsieur le préfet, je ne vous attendais pas si tôt.

LE PRÉFET. — Ah! c'est que moi, j'aime à surprendre

ceux que j'aime! Et vous, ma belle Mme Lecerf? Je vous revois avec une figure de plus en plus charmante, dans une position de plus en plus intéressante! A quand le marmot?

Mme LECERF. — Je ne sais pas au juste, monsieur le préfet.

LE PRÉFET. — Je vais le vous dire, moi! Ce sera dans deux mois. Cela vous étonne, de me voir si savant. Et si je vous disais que, dans tout mon département, il n'est pas une seule femme enceinte dont je ne prédise, à huit jours près, la délivrance!

LE MAIRE. — Sous ce rapport, à tous les enfants qu'elle a eus, sauf notre aînée Ophélia, ma femme a toujours dérouté mes calculs.

LE PRÉFET. — Ça ne m'étonne pas. Et vos hémorrhoïdes, monsieur Lecerf?

LE MAIRE. — Vous êtes trop bon, monsieur le préfet. Depuis trois mois, tous les soirs, je pratique le remède que vous m'avez indiqué; je les frotte avec une andouille fumée. C'est elle que vous voyez là-bas, dans une assiette, sur la fenêtre.

LE PRÉFET. — Et vous en trouvez-vous bien?

LE MAIRE. — Je souffre un peu moins, monsieur le préfet.

LE PRÉFET. — Je vous le disais!... Quel est ce papier?

LE MAIRE. — C'est le discours que mon instituteur doit vous prononcer.

LE PRÉFET. — Je le prends; il fera mon affaire. Je m'absente cinq minutes; pendant ce temps, dressez la table.

Mme LECERF. — Mais, monsieur le préfet, donnez-nous au moins le temps de mettre un dindon à la broche.

LE PRÉFET. — Non point; je veux manger tout de suite, ne fût-ce que du pain et du beurre. N'avez-vous pas un peu de lard, une omelette?

LE MAIRE. — Nous avons des andouilles.

LE PRÉFET. — Des andouilles, monsieur Lecerf! mais c'est parfait, cela! Vous avez des andouilles, et vous m'offrez autre chose! Vite, mettez-moi sur la table vos andouilles, monsieur Lecerf! Je reviens de suite. (*Il sort.*)

LE MAIRE. — Ma femme, dresse vite la table; et passe-moi mon habit et mes souliers. Je suis honteux de penser que j'ai reçu M. le préfet avec mes sabots, mon tricot et mon écharpe par-dessus mon tricot! Heureusement qu'il est si bon!... Voici mon maître d'école!...

L'INSTITUTEUR. — Monsieur le maire, où est mon discours?

LE MAIRE. — M. le préfet l'a mis dans sa poche.

L'INSTITUTEUR. — L'a-t-il lu?

LE MAIRE. — Il a jeté les yeux dessus, et a dit qu'il faisait son affaire.

L'INSTITUTEUR. — Va-t-il le faire imprimer dans le *Courrier de Pontoise*?

LE MAIRE. — Il ne m'en a pas parlé.

L'INSTITUTEUR. — C'est probable. Mais je ne dois pas moins en faire la lecture solennelle. Heureusement que j'en ai la copie... Voici M. le préfet qui revient... Je me sens ému.

LE PRÉFET. — Bonjour, monsieur l'instituteur. J'ai lu

votre discours depuis la première jusqu'à la dernière lettre. Il est splendide ! L'avez-vous fait vous-même?

L'INSTITUTEUR. — Oui, monsieur le préfet; j'y ai passé trois nuits, malgré mon épouse qui ne peut pas dormir sans moi.

LE PRÉFET. — Votre femme est unique dans mon département. Mettons-nous à table. (*Chacun prend sa place.*)

LE MAIRE. — C'est égal, monsieur le préfet, en nous surprenant aussi brusquement, vous ne nous donnez pas le temps d'organiser la réception solennelle que toute ma commune de Saint-Mélon comptait vous faire. Nos pompiers sont partis revêtir les uniformes que vous avez eu la bonté de leur envoyer. Ils vous en sont très-reconnaissants. Seulement, ils regrettent qu'à l'occasion de l'inauguration de leur pompe, il n'y ait point de pompe. Celle que vous nous avez promise n'est pas arrivée.

LE PRÉFET. — Cela ne fait rien; elle arrivera; patientez. Vos pompiers peuvent d'autant plus se passer de pompe aujourd'hui, que jusqu'ici ils s'en sont toujours passés. Rappelez-vous cette maxime du roi Numa Pompilius, malheureusement trop vraie : « Pas d'incendie sans pompe; pas de pompe sans incendie. » Ce qu'il faut avant tout à des pompiers, ce n'est pas une pompe, mais c'est une cantinière, et une gentille. En avez-vous une?

LE MAIRE. — Pas encore, monsieur le préfet.

LE PRÉFET. — Comment ! vous n'avez pas encore de cantinière ! à quoi donc pensez-vous? Eh bien ! vous allez voir que je vais, moi, vous en fabriquer une à la minute. Ma belle madame Lecerf, où est votre servante?

Mme LECERF. — Elle veille à l'omelette. Je vais l'appeler : Rosalie ! Rosalie !...

ROSALIE. — Me voilà. Que voulez-vous?

LE PRÉFET. — Approche, ma belle enfant. Je ne te mangerai pas, au contraire. Veux-tu être cantinière?

ROSALIE. — Oui, monsieur le préfet, mais...

LE PRÉFET. — Mais quoi? Voyons, parle. J'aime les filles franches.

ROSALIE. — Je n'avons pas les moyens d'acheter les habits.

LE PRÉFET. — N'est-ce que cela? Je m'en charge. Mme la préfète t'enverra un costume complet. Seulement, as-tu de beaux mollets? Les beaux mollets sont indispensables à une cantinière.

LE MAIRE. — Pour des mollets, elle en a une belle paire.

Mme LECERF. — Tiens, monsieur Lecerf! Elle te les a donc montrés?

LE MAIRE. — Point du tout, ma femme; c'est par hasard que je les ai vus. Est-ce que cela te contrarie?

Mme LECERF. — Vous feriez mieux de regarder vos choux et vos carottes!

LE PRÉFET. — Allons, Rosalie, ma toute belle, montre-nous tes mollets. Tu boudes? Je ne demande pourtant à voir que tes mollets, rien que ça.

ROSALIE. — Bien dommage! vous ne les verrez point.

LE PRÉFET. — Alors, tu ne seras point cantinière.

ROSALIE. — Ça m'est bien égal. (*Elle sort.*)

LE PRÉFET. — Savez-vous, madame Lecerf, que votre servante est une vertu!

Mme LECERF. — Bah! elle fait sa bégueule, parce qu'elle a des varices.

LE GARDE. — Je viens vous dire que Patouillard, le capitaine des pompiers, est avec ses soldats devant la maison.

LE PRÉFET. — C'est bien, qu'ils s'y tiennent; vous, monsieur le maire, ouvrez cette fenêtre, pour qu'ils puissent me voir.

VOIX AU DEHORS. — Vive monsieur le préfet!

LE PRÉFET. — Et l'empereur qu'ils oublient?

LE GARDE (*par la fenêtre*). — M. le préfet se plaint que vous oubliez l'empereur. Vive l'empereur!

VOIX AU DEHORS. — Vive l'empereur!

LE MAIRE. — Monsieur le préfet, mon garde-champêtre, le père Polycarpe que voilà, serait heureux de vous serrer la main. C'est lui qui me l'a dit.

LE PRÉFET. — Comment donc? avec plaisir! Approche, père Polycarpe; et ta femme, la maman Polycarpe, va-t-elle toujours bien?

LE GARDE. — Merci pour elle, monsieur le préfet; mais, sauf votre respect, elle est réveillée toutes les nuits par des coliques.

LE PRÉFET. — Ah diable! Et ne fait-elle rien pour se guérir?

LE GARDE. — Si fait. Elle va prendre l'air une demi-heure dans le clos à Jean-Pierre, notre voisin, qui est célibataire; quand elle revient se mettre au lit, il n'y paraît plus.

LE PRÉFET. — Alors, tu as une bonne raison d'être un mari heureux. Allons, prends une chaise, et viens te mettre à table à mes côtés.

LE GARDE. — Monsieur le préfet, je suis morfondu d'une pareille crasse!

LE MAIRE. — D'une pareille grâce, Polycarpe!

LE PRÉFET. — Assieds-toi, je le veux!... Là, bien... Maintenant, belle madame Lecerf, passez-moi l'andouille qui est là-bas, dans une assiette, sur la fenêtre.

Mme LECERF. — Y pensez-vous? C'est l'andouille avec quelle mon mari...

LE PRÉFET. — Parbleu, il en prendra une autre!

Mme LECERF. — Pourtant...

LE PRÉFET. — Pas d'observation! J'entends que vous la serviez au père Polycarpe; c'est un brave homme; il la mangera pour me faire honneur, n'est-ce pas, père Polycarpe? Toi qui es un ancien soldat, un vieux de la vieille, as-tu la médaille, au moins?

LE GARDE. — Non, monsieur le préfet.

LE PRÉFET. — Je te la ferai avoir... Comment trouves-tu l'andouille?

LE GARDE. — Délicieuse, monsieur le préfet.

LE PRÉFET. — Tu n'en mangeais pas de pareille en Russie?

LE GARDE. — Ni en Russie, ni nulle part.

LE PRÉFET. — Je le crois bien. Bois un coup, pour la faire passer. Mes amis, trinquons tous à la santé du père Polycarpe, et vive l'empereur!

TOUS. — Vive l'empereur! Vive notre préfet!

LE PRÉFET. — Vive le père Polycarpe!

TOUS. — Vive le père Polycarpe!

Mme LECERF. — Monsieur le préfet, j'ai un avis à vous demander.

LE PRÉFET. — Mon adorable madame Lecerf, je suis à vos ordres.

Mme LECERF. — Est-ce que notre fille aînée, Ophélia, qui aura dix-sept ans à la Saint-Médard, peut lire sans inconvénient les feuilletons du *Courrier de Pontoise*.

LE PRÉFET. — Oui, certes! Et non-seulement les feuilletons, mais aussi le bulletin politique, les heures du chemin de fer, et surtout les publications de mariage, qui sont très-propres à développer les idées chez les jeunes filles de son âge. Tout, dans le *Courrier de Pontoise*, est bon à lire; et sa lecture convient, non-seulement aux jeunes filles à marier, comme la vôtre, mais encore aux enfants à la mamelle. Le *Courrier de Pontoise* est, sans qu'il y paraisse, le journal le plus libéral de la France. Tous les soirs, dès qu'elle est couchée, madame la préfète le lit en s'endormant, ou plutôt s'endort en le lisant. Pour ma part, c'est toujours le *Courrier de Pontoise* que je fourre dans ma poche, quand je suis pour aller dehors.

LE MAIRE. — Je vous crois; mais je ne me doutais pas que le *Courrier de Pontoise* eut tant de valeur à vos yeux. Dès demain, je veux, ma femme, que tu renouvelles notre abonnement au *Courrier de Pontoise*. Et le *Progrès de Pontoise*, qu'est-ce que vous en dites, monsieur le préfet?

LE PRÉFET. — Le *Progrès de Pontoise*! Ne prononcez jamais devant moi le nom de ce journal! Un journal qui méconnait le génie de mes députés en général...

LE MAIRE. — Est-ce en général qu'était habillé notre député M. William Lepetit?

LE GARDE. — On nous avait dit que c'était en suif.

LE MAIRE. — En suisse, Polycarpe.

LE PRÉFET. — Si vous voulez que vos filles deviennent des femmes perdues, c'est de leur laisser lire le *Progrès de Pontoise*! Si vous voulez renverser l'empire, bouleverser la société, et ramener la guillotine, c'est de vous abonner au *Progrès de Pontoise*!

LE MAIRE. — Dieu m'en garde! J'aime trop l'empereur et le *Courrier de Pontoise* pour cela! Maintenant, faisons silence. Mon instituteur va se mettre à la fenêtre, pour nous lire son discours à monsieur le préfet. Père Polycarpe, dis aux pompiers de se taire, et d'observer un silence scrupuleux.

LE GARDE. — Holà, vous autres, taisez-vous; le magister va lire son discours; observez un silence crapuleux.

LE MAIRE. — Scrupuleux, Polycarpe!

L'INSTITUTEUR. — « Monsieur le préfet, en ce jour so-« lennel de l'inauguration de notre pompe, au nom de « tous les habitants de Saint-Melon-de-Crétinville, per-« mettez que je vienne déposer à vos pieds les sentiments « du dévouement... »

VOIX AU DEHORS. — Vive notre préfet! Vive l'empereur!

L'INSTITUTEUR. — Attendez au moins que j'aie fini mon discours! Un discours qui m'a coûté trois nuits...

LE PRÉFET. — Malgré votre femme qui ne peut dormir sans vous! Croyez-moi, monsieur l'instituteur, restez-en là, et laissez-les crier. Soyez convaincu que j'ai apprécié votre éloquence comme elle le mérite. Monsieur Lecerf, prêtez-moi cent francs; vous savez que je suis sans façon.

LE MAIRE (*à part*). — Oui, un peu trop.

LE PRÉFET. — Est-ce que cela vous contrarie?

LE MAIRE. — Du tout, monsieur le préfet, au contraire. Si cette somme ne vous suffit pas, ne vous gênez pas avec moi.

LE PRÉFET. — En ce cas, prêtez-m'en trois cents.

LE MAIRE (*à part*). — Que le diable l'emporte! (*haut*) Ma femme, va chercher dans notre secrétaire la somme que monsieur le préfet a la bonté de nous emprunter.

LE PRÉFET (*à la fenêtre*). — Braves pompiers de Saint-Melon, de cette fenêtre, votre préfet vous contemple. Je suis content de vous. Patouillard, votre capitaine, et vous tous, sans exception, vous avez sous l'uniforme une tournure tout-à-fait militaire. Si jamais l'ennemi envahit la France, tout Saint-Melon se lèvera comme un seul homme, et il s'en souviendra. En attendant, approchez Patouillard, voici cent francs...

PATOUILLARD. — Cent francs! C'est trop, monsieur le préfet.

LE PRÉFET. — Non, ce n'est pas trop; prenez. Au prix du bonheur que je ressens d'être au milieu de vous, cet argent ne me coûte rien.

LE MAIRE (*à part*). — Je le crois bien; c'est le mien.

LE PRÉFET. — Acceptez-les, mes enfants, pour boire à la santé de M. le maire, et à celle de l'empereur.

TOUS. — Vive monsieur le maire!

Vive l'empereur!

Vive monsieur le préfet!

LE MAIRE (*avec émotion*). — Monsieur le préfet, nous ne sommes que de pauvres paysans bien ignorants, bien bêtes; mais croyez à notre devouement.

LE GARDE. — Pour du dé*voie*ment...

LE MAIRE. — Dévouement, Polycarpe!

LE GARDE. — Pour du dé*voie*ment, y en a à Saint-Melon, du dé*voie*ment.

LE PRÉFET. — Je l'ai bien senti en arrivant... Allons, mon brave père Polycarpe, donne-moi une poignée de main, morbleu!... Et ton andouille?

LE GARDE (*pleurant*). — Ah! monsieur le préfet, cette andouille sera le plus beau jour de ma vie!

ÉPIGRAMMES.

I.

On vit de honte, on n'en meurt pas,
Aussi Rouher est gros et gras.

II.

Savez-vous la plaisanterie
Où je trouve le plus de sel ?
C'est la façon dont par le ciel
La femme de Loth fut punie.

III.

Si la pierre est la maladie
Dont se trouve affligé notre auguste empereur;
Les médecins qui sondent la vessie
Feraient mieux de sonder le cœur.

IV. — L'Empereur a Sedan.

Louis dit qu'il n'a pu rencontrer le trépas
A la tête de ses soldats;
Si ce pauvre Louis avait plus de mémoire,
Il dirait à la queue, et nous pourrions le croire.

V. — Epitaphe.

Ci-git du grand Pouchet la mortelle dépouille;
Toutefois sa perruque est restée à La Bouille.

VI.

A la rigueur du froid les Dunkerquois sensibles
Font leur provision de charbon pour l'hiver;
Mais pour le principal de tous les combustibles,
La politesse est le moins cher.

VII.

Sous la calotte des cieux,
La platitude a de nombreux apôtres;
Sous la calotte, Arthur, un seul frappe mes yeux;
Mais, à lui seul, il vaut bien tous les autres.

VIII.

De deux amoureux acharnés,
O Jeanne, veux-tu voir cesser bientôt la lutte?
Force-les à mettre le nez
Sur le sujet de leur dispute.

IX.

Si la guérison............
Par la douce revalescière
A fait tant de bruit, cela tient
Aux haricots qu'elle contient.

X. — A Propos de Virements.

Brifaut, tes faux n'ont qu'un défaut,
C'est d'être plus faux qu'il ne faut.

XI. — Sur le Miracle de la Salette.

A deux enfants, qui disent qu'ils l'ont vue,
La vierge étant, l'autre jour apparue,
Leur annonça d'épouvantables jours,
Le choléra, la famine, la guerre,
Puis couronna dignement son discours
Par quelques mots sur les pommes de terre.

XII. — A Madame X...

Tu dis que les hulans ont enfoncé ta porte,
En te faisant subir une perte assez forte.
Ce qui me paraît bien plus fort,
C'est qu'on ne peut chez toi, sans te faire du tort,
Enfonçer une porte ouverte,
Et qu'en te l'enfonçant l'on te fait perdre encor
Ce dont depuis vingt ans tu déplores la perte.

TABLE DES MATIÈRES.

Rouen. Imp. Léon Deshays.

www.ingramcontent.com/pod-product-compliance
Ingram Content Group UK Ltd.
Pitfield, Milton Keynes, MK11 3LW, UK
UKHW031907260826
14628UKWH00003B/1038